大家
文丛

最苦是人生

老舍 著
齐白石 丰子恺 孙之儁 画
零露 满岩 编

大连出版社
DALIAN PUBLISHING HOUSE

图书在版编目（CIP）数据

最苦是人生 / 老舍著；零露，满岩编. — 大连：大连出版社，2021.3（2024.5重印）
（大家文丛）
ISBN 978-7-5505-1659-5

Ⅰ.①最… Ⅱ.①老… ②零… ③满… Ⅲ.①散文集—中国—现代 Ⅳ.①I266

中国版本图书馆CIP数据核字(2021)第033736号

DAJIA WENCONG　ZUI KU SHI RENSHENG
大家文丛·最苦是人生

责任编辑：卢　锋　杨　琳
装帧设计：罗可一
责任校对：王洪梅
责任印制：温天悦

出版发行者：大连出版社
地址：大连市西岗区东北路161号
邮编：116016
电话：0411-83620573 / 83620245
传真：0411-83610391
网址：http://www.dlmpm.com
邮箱：dlcbs@dlmpm.com
印刷者：永清县晔盛亚胶印有限公司

幅面尺寸：145mm × 210mm
印　　张：8.75
字　　数：152千字
出版时间：2021年3月第1版
印刷时间：2024年5月第3次印刷
书　　号：ISBN 978-7-5505-1659-5
定　　价：49.00元

出版说明

本丛书选录了老舍于20世纪20年代至60年代间写作的部分作品，包括小说、散文、杂文等，编为5本，即《大发议论》《闹咱们的脾气》《有家可回》《最苦是人生》《深说外国人》。每篇文章的后面，均标注了文章最初发表的年份、报刊，或写作的年代。

经过多方面考虑，丛书参照原文刊发时的版本，尽量忠实于原文，保持作品原汁原味的语言文字风格。例如，对“磁器”（今“瓷器”）、“洋磁”（今“洋瓷”）、“玩艺”（今“玩意”）、“叫劲”（今“较劲”）、“定婚”（今“订婚”）、“透澈”

（今“透彻”）等词语，都遵照老舍先生原文，没有按照今天的用法进行修改。

所选文章中，有个别字词可能会明显影响现在的读者对内容的理解，造成困惑，因此编者酌情进行了修改，例如“末一样”（意为“每一样”）、“模托儿”（意为“模特儿”）等，旨在使阅读更加顺畅。

对于原文中出现的一些异体字，我们按现代汉语规范进行了适当修改。对于“的”“地”“得”，原文中多用“的”，这也符合当时的情况，读者也能理解，我们基本不作改动。

对于原文中的标点符号，我们也是尽量不作改动。但对其中用法与今天差异特别大，同时改后又不影响原文意思和情感表达的地方，进行了少许改动。

大连出版社编辑部

2021年3月

编者的话

刚做老舍先生这套书的时候，是因为被他文字中顶可爱的北京所迷住。后来发现顶可爱的不仅是北京，还有济南、成都、伦敦、纽约。爱上这些地方，同时也认识了这些地方的风物和人情，之后便有了和老舍先生笔下的人们相知的机会，他们的所思、所想、所爱、所憎，都成了我们认识现代社会周遭的参照物。

老舍先生发表文章始于20世纪20年代前后，到今天已历百年。老舍，对于中国人，是北京的标签；而对于外国人，他又是中国的标签。这个“老字号”出众的地方在于，他不

是文物，一百年间，他始终是活的，能在我们每一个人的生活中重现，与我们的心共鸣。

从2018年起，我们便开始着手对老舍先生文章进行梳理，直到2020年的今日，世界都翻了个儿，从日新月异的欣欣向荣到当前的乱局，我们也从安静恬适的欣赏到可以把生活中的现实与作品对号入座。老舍先生文章的力量也逐渐显现了出来。

老舍作品最突出的特点是幽默，而此次我们所编的这套丛书，试图向您呈现的却不止于此。在老舍先生众多的作品中，他的幽默既有“招笑”的白天，又有沉思的黑夜。前者是奉献给普罗大众的，后者则是留给他自己的挣扎。

有了先生给的那份幽默，苦便是百味人生中的寻常一味。任凭你是洋车夫、饭馆的老板，还是留洋的博士、大学教授，贫穷、孤独、病痛甚至战争，指不定哪碗苦水就会在前边等着你呢！生活是万难的！这是先生最有分量的人生经验，同时也是《最苦是人生》这本书的来历。读这书你虽笑不出，但却能在遇到糟心事时不必非哭。有了这份坚韧，再加上点幽默，时候长了，生活自然会露出甜美。

老舍先生曾在《我怎样写〈赵子曰〉》中说，自己是“五四”一代的旁观者。从这个角度分析，先生这话并非只是自谦。从先生的履历中查到，1924年到1929年，新文化运动如火如荼之时，他在英国任教，地理的限制和教师的身份，使他无法成为没落文化的直接破坏者。这也许就是他对腐朽文化的否定会带着些幽默色彩的原因吧。因此，与同期其他先锋作家相比，老舍先生的文章有一个非常突出的特点：对于人性中的坏，除了批判，他还会加上些诙谐的理解，让坏人坏得有理由。愚昧执拗的王老太太、媚洋的毛博士、穿戴风光却摆不平太太们的毛毛虫、笃信诚实的周文祥、诚爽怜爱年轻姑娘的老者刘兴仁、乐天走运的牛老者……这些可笑、可悲、可爱、可怜的小人物，展现了社会各阶层中国人的百态。

老舍先生曾讲，幽默的人只会悲观，因为他最后的领悟是人生的矛盾。这一点，我的很多“舍迷”朋友都注意到了。在一次和李六乙先生的交谈中，他讲道：“老舍先生语言的魅力，并不只在于‘使人们一看就笑起来’，而是会‘永远不忘’，这才是上等的幽默。”

对于中国文化中那些旧有的顽疾，老舍先生既有唾弃的态度，同时又有着“笑骂，而又不赶尽杀绝”的心怀。老舍先生曾说：“苦人的懒是努力而落了空的自然结果，苦人的耍刺儿含着一些公理。”这是老舍先生为祥子们的辩护，更是对当时社会制度不公的不满。这也正是《闹咱们的脾气》这本书的主张。

在中国的作家中，老舍先生是为数不多的平民出身而又留过洋的作家，这样的经历使他的作品对于普通读者来讲代入感很强。老舍先生有这样一段话：“我颇有几位交情很好的外国朋友，他们可分为两派：一派是以为中国的一切都要不得。假若中国人还不赶快一律变成英国人或美国人，则中国在一眨眼的工夫就会灭亡。另一派恰恰是与此相反。他们以为只要中国还有一架钢琴，或还有一个穿西装的人，中国就永无半点希望。”他的这段话给了我们不小的策划灵感。眼下，国际交往日益增多，人们和外国人打交道的机会也多了起来，好看的西洋景和价值观的冲突不时地互换主次，所以，通过老舍先生的作品了解一百年前中国人在西方的处境，对于身处中西方文化交融中的我们是非常有意义的。《深说外国人》一书正是基于这种想法而诞生的。

审读老舍先生这套书的编辑们有一个共识，对于文学作品而言，特别是在百年之后，按照现代汉语用法进行修改不妥，搞不好就成了篡改。后来听朋友讲，老舍先生最痛恨编辑改他的文字，为此还放狠话。

话说在编辑《有家可回》的过程中有一个非常有意思的插曲。老舍先生文中用了很多分号，但按照现代汉语的习惯，这些地方大都应使用逗号，因此，编辑自然就改动了。一天，一位编辑拿来1931年先生发表在《齐大月刊》上的散文《一些印象》，文中竟然把分号捧成“那俊美的”，把强调语气的叹号描画成“那泪珠滚滚的”，这太有趣了！由此，大家再不敢在先生的文章上造次，当然，受牵连的还有“的地得”们，一下又回到了一百年前“白勺的”的时代。

为了编好这套文丛，动笔之前，我们先后对长期从事老舍作品研究的教授，人艺的编剧、导演，老舍先生的研究者以及他的旧友进行了走访。让我们记忆最深的是人艺的编剧梁秉堃先生，见面的地点是一家英式咖啡馆，是梁老选的。他跟我们讲的第一句话，带着浓浓的北京腔：“舒先生的事儿，

我肯定得来！”让人听后，感觉千斤的重量落在了心上。接下来是梁老整整一个上午的“舒先生时光”，心下想，不把这套书做好，怎么和老先生交代呀！

提炼老舍先生的思想精髓是我们编这套书的初衷。制作的过程远比我们之前的想象困难得多，但由此得到的启发也不少。在编书的过程中，我们试图找到一些和先生同一时期的画家的画作，如果能同台呈现，对读者理解老舍先生的思想将会有很大帮助。为此，我们拜访了老舍先生的生前好友孙之儁先生的女儿孙燕华老师。孙老师听了我们对这套书的介绍后，立刻请秘书取来孙先生的画册，亲手将其交到我们的手上，并嘱咐我们，只要能把前辈们的精神传承下去，其他的都不必考虑。这份情谊至今让我们深受感召。

同样要感谢的还有丰子恺先生的画作。子恺先生以洞察生活，给生活赋予柔情和禅意见长。此次编排，我们试着将南派的子恺漫画与北派的老舍作品相融合。让南北文化牵手，会让很多人感觉鲁莽，搞不好就会生出“强扭的瓜”。为此，在长达一年多的尝试中，我们如履薄冰。冒险的旅途既艰苦又令人兴奋，在选图的过程中，我们不但没有感到南北文化的相互冒犯，反倒是共鸣、共情的感觉频频出现。这是我们作为编者的收获，也希望成为读者别样的阅读体验。

老舍先生的作品写的大多数是普通人的故事，写得那么有趣，为什么就没有在百姓中风靡过，而是仅仅止步于小众呢？是现代读者的眼睛不够上等，还是先生的幽默过于上等？读者和作品之间的鸿沟是否存在？如若存在，这是一个什么样的隔膜呢？我们又将如何去融合二者之间的关系呢？一百年前的作品能否被当代人接受？类似的担忧在我们编书的过程中时时索绕，驱之不散。

记得在《马裤先生》一文的选取上，我们是非常犹豫的。那个对茶房吆三喝四的马裤先生，生活中不但有，很多时候还被当成笑料。再现丑陋，我觉得毫无意义，于是就从目录中删掉了这篇。一日，下午茶时，和远在纽约的女儿提到此事，没想到她回我一句：“勇者愤怒，抽刃向更强者；怯者愤怒，却抽刃向更弱者。”这是鲁迅先生在杂文《华盖集》中的话，一个留洋的年轻人能随口给出这样的注解，实在不能不让我兴奋。从女儿的口中挖到了《马裤先生》的现实意义，无疑也就找到了老舍文学与当代人的纽带。由此事看

来，“新人类”不但有上等的眼睛，而且他们还有上等的记忆和理解力。

自2019年年底暴发新冠疫情至今，短短数月间，世界的局势就翻转了数遍。外交、军事、经济、意识形态……哪里还有不变的地方呢？而更令人错愕的是，这些变化居然都在老舍先生的文章里发生过！“这种事老舍先生早写过！”这是审读这套丛书的编辑们最突出的感受。我们也因此相信，老舍作品的价值，并不是依托人的记忆力而存在的，他的不朽是通过超越时代的高远洞察力而实现的。

2003年，英国政府将一块蓝色的牌匾挂在了伦敦街道的一栋公寓上，上面写着“老舍，一位中国作家，1925年到1928年间曾在这里居住”。而能让伦敦记住，拥有蓝色牌匾的人物屈指可数。世界都不忘老舍，我们又怎能忘他！

零　露

2020年 岁末 于北京家中

目录

第一篇　真人版

第二篇　小说版

第一篇

真人版

——世界的苦恼还没压碎我的心

自传难写

不记得有过大志，而是见别人吃糖馅烧饼

就馋得慌

自古道：今儿个晚上脱了鞋，不知明日穿不穿；天有不测的风云啊！为留名千古，似应早早写下自传；自己不传，而等别人偏劳，谈何容易！以我自己说吧，眼看就快四十了，万一在最近的将来有个山高水远，还没写下自传，岂不是大大的一个缺憾？！

可是，说起来就有点难受。自传不难哪，自要有好材料。材料好办；“好材料”，哼，难！自传的头一章是不是应当叙说家庭族系等等？自然是。人由何处生，水从哪儿来，总得说个分明。依写传的惯例说，得略述五千年前的祖宗是纯粹“国种”，然后详道上三辈的官衔，功德，与著作。至少也得

来个“清封大夫”的父亲，与“出自名门”的母亲。没有这么适合体裁的双亲，写出去岂不叫人笑掉门牙！您看，这一招儿就把咱撅个对头弯；咱没有这种父母，而且准知道五千年前的祖宗不见得比我高明。好意思大书特书“清封普罗大夫”，与“出自不名之门”么？就是有这个勇气，也危险呀：普罗大夫之子共党耳，推出斩首，岂不糟了？！英雄不怕出身低，可也得先变成英雄啊。汉刘邦是小小的亭长，淮阴侯也讨过饭吃，可是人家都成了英雄，自然有人捧场喝彩。咱是不是英雄？对镜审查，不大像！

自传的头一章根本没着落。

再说第二章吧。这儿应说怎么降生：怎么在胎中多住了三个多月，怎么产房里闹妖精，怎么天上落星星，怎么生下来啼声如豹，怎么左手拿着块现洋……我细问过母亲，这些事一概没有。母亲只说：生下来奶不足，常贴吃糕干——所以到如今还有时候一阵阵的发糊涂。

第二章又可以休矣。

第三章得说幼年入学的光景喽。“幼怀大志，寡言笑，囊萤刺股……”这多么好听！可是咱呢，不记得有过大志，而是见别人吃糖馅烧饼就馋得慌——到如今也没完全改掉。逃学的事倒不常干。而挨手板与罚跪说起来似乎并不光荣。第三章，即使勉强写出，也不体面。

没有前三章，只好由第四章写了，先不管有这样的书没有。这一章应写青春时期。更难下笔。假如专为泄气，又何必自传；当然得吹腾着点。事情就奇怪，想吹都吹不起来。人家牛顿先生看苹果落地就想起那么多典故来，我看见苹果落地——不，不等它落地就摘下来往嘴里送。青春时期如此，现在也没长进多少，不但没作过惊天动地的事，而且没有存过惊天动地的心。偶尔大喊一声，天并不惊；跺地两脚，地也不动。第四章又是糖心的炸弹，没响儿！

以下就不用说了，伤心！

自传呢，下世再说。好在马上为善，或者还不太晚，多积点阴功，下辈子咱也生在贵族之家，专是自传的第一章就能写八万字。气死无数小布尔乔亚。等着吧，这个事是急不得的。

原载1934年1月《大众画报》第三期

新年的二重性格

讨债的人好像最不懂幽默。你越说轻松
可笑的话，他越跟你瞪眼

一想到新年，不知怎么心里就要喜欢一下，同时又有点胆战心惊：好像是一则以喜，一则以忧的味儿。喜的什么呢？很难说；大概是一种遗传病，到了新年总得喜欢。忧，这个很简单，怕讨债的。这是新年的二重性格。

想个什么法儿，能把这二重性格改成一重呢？我不算不聪明，我曾把极不一致的道理设法调和起来，如把一元论和二元论改为“一元半论”，可是我想不出法儿使新年只有喜，而无忧。

幽默也不行，讨债的人好像最不懂幽默。你越说轻松可笑的话，他越跟你瞪眼。他非看见钱不笑。你要跟他瞪眼呢，

作者：孙之儁。原载1929年1月8日《霞光画报》。

那就更糟，他似乎和巡警是亲戚，一招呼就来。

似乎根本不应当借债。没有亏空，到了新年自然是高高兴兴；新年本来应该高高兴兴。可是有一层，不借债在理论上是很好喽，实际上作得到么。假如有一天两手空空，肚子乱叫，你怎办？为求新年的无忧而一定不去借钱，你就活不到新年了。这个不能不算计好了。为过新年而先把命丧了，幽默倒还幽默，可是犯得着这么幽默吗？圣人有云，好死不如赖活着。这是句有味儿的话。

有债随时还，不要都积到新年，似乎是个好方法。可是谁有这份能力呢。今天借了，明天还上，那满可以不借。借，就是因为有个长期间不还的享受，于是一压便压到新年。谁也没想到新年来得这么快！

取销新年呢，照样的不是办法。你自己取销了新年，新年还是到时候就来。债权者即使健忘，说什么也忘不了新年讨债。

说来说去还是没办法。如果非把新年的二重性格减去一重不可，似乎只好减去“喜”的那一面。在新年的前半月，就应当皱上眉头，表示无论如何也不喜。那么，讨债的到了家门，自然视若无物。假若他看不出你的眉头是自杀的标志，你满可以当着他的面上一回吊。这倒许引起他的幽默，而展限到端阳节再说。若是他不肯这么办呢，你上吊就完了，反正你已经承认新年是有忧无喜，生死还有什么多大的关系。这似乎不像仁者之言，可是世界就这个样，有什么好办法呢？好死不如赖活着；到了要命的关头，也就无法。

原载1934年1月1日《申报·自由谈》

抬头见喜

我也的确感觉到，那年的神仙一定是真由

天上回到世间

对于时节，我向来不特别的注意。拿清明说吧，上坟烧纸不必非我去不可，又搭着不常住在家乡，所以每逢看见柳枝发青便晓得快到了清明，或者是已经过去。对重阳也是这样，生平没在九月九登过高，于是重阳和清明一样的没有多大作用。

端阳，中秋，新年，三个大节可不能这么马虎过去。即使我故意躲着它们，账条是不会忘记了我的。也奇怪，一个无名之辈，到了三节会有许多人惦记着，不但来信，送账条，而且要找上门来！

设若故意躲着借款，着急，设计自杀等等，而专讲三节的热闹有趣那一面儿，我似乎是最喜爱中秋。“似乎”，因为我实在不敢说准了。幼年时，中秋必是个很可喜的节，要不然我怎么还记得清清楚楚那些“兔儿爷”的样子呢？有“兔儿爷”玩，这个节必是过得十二分有劲。可是从另一方面说，至少有三次喝醉是在中秋；酒入愁肠呀！所以说“似乎”最喜爱中秋。

事真凑巧，这三次“非杨贵妃式”的醉酒我还都记得很清楚。那么，就说上一说呀。第一次是在北平，我正住在翊教寺一家公寓里。好友卢嵩庵从柳泉居运来一坛子“竹叶青”。又约来两位朋友——内中有一位是不会喝的——大家就抄起茶碗来。坛子虽大，架不住茶碗一个劲进攻；月亮还没上来，坛子已空。干什么去呢？打牌玩吧。各拿出铜元百枚，约合大洋七角多，因这是古时候的事了。第一把牌将立起来，不晓得——至今还不晓得——我怎么上了床。牌必是没打成，因为我一睁眼已经红日东升了。

第二次是在天津，和朱荫棠在同福楼吃饭，各饮绿茵陈二两。吃完饭，到一家茶肆去品茗。我朝窗坐着，看见了一轮明月，我就吐了。这回决不是酒的作用，毛病是在月亮。

第三次是在伦敦。那里的秋月是什么样子，我说不上来——也许根本没有月亮其物。中国工人俱乐部里有多人凑

热闹，我和沈刚伯也去喝酒。我们俩喝了两瓶葡萄酒。酒是用葡萄还是葡萄叶儿酿的，不可得而知，反正价钱很便宜；我们俩自古至今总没作过财主。喝完，各自回寓所。一上公众汽车，我的脚忽然长了眼睛，专找别人的脚尖去踩。这回可不是月亮的毛病。

对于中秋，大致如此——无论如何也不能说它坏。就此打住。

至若端阳，似乎可有可无。粽子，不爱吃。城隍爷现在也不出巡；即使再出巡，大概也没有跟随着走几里路的兴趣。樱桃真是好东西，可惜被黑白桑葚给带累坏了。

新年最热闹，也最没劲，我对它老是冷淡的。自从一记事儿起，家中就似乎很穷。爆竹总是听别人放，我们自己是静寂无哗。记得最真的是家中一张《王羲之换鹅》图。每逢除夕，母亲必把它从个神秘的地方找出来，挂在堂屋里。姑母就给说那个故事；到如今还不十分明白这故事到底有什么意思，只觉得“王羲之”三个字倒很响亮好听。后来入学，读了《兰亭序》，我告诉先生，王羲之是在我的家里。

长大了些，记得有一年的除夕，大概是光绪三十年前的一、二年，母亲在院中接神，雪已下了一尺多厚。高香烧起，雪片由漆黑的空中落下，落到火光的圈里，非常的白，紧接着飞到火苗的附近，舞出些金光，即行消灭；先下来的灭了，上面又紧跟着下来许多，像一把“太平花”倒放。我还记着这个。我也的确感觉到，那年的神仙一定是真由天上回到世间。

中学的时期是最忧郁的，四五个新年中只记得一个，最凄凉的一个。那是头一次改用阳历，旧历的除夕必须回学校去，不准请假。姑母刚死两个多月，她和我们同住了三十年的样子。她有时候很厉害，但大体上说，她很爱我。哥哥当差，不能回来。家中只剩母亲一人。我在四点多钟回到家中，母亲并没有把“王羲之”找出来。吃过晚饭，我不能不告诉母亲了——我还得回校。她楞了半天，没说什么。我慢慢的走出去，她跟着走到街门。摸着袋中的几个铜子，我不知道走了多少时候，才走到了学校。路上必是很热闹，可是我并没看见，我似乎失了感觉。到了学校，学监先生正在学监室门口站着。他先问的我：“回来了？”我行了个礼。他点了点头，笑着叫了我一声：“你还回去吧。”这一笑，永远印在我心中。假如我将来死后能入天堂，我必把这一笑带给上帝去看。

我好像没走就又到了家，母亲正对着一枝红烛坐着呢。她的泪不轻易落，她又慈善又刚强。见我回来了，她脸上有

了笑容，拿出一个细草纸包儿来："给你买的杂拌儿，刚才一忙，也忘了给你。"母子好像有千言万语，只是没精神说。早早的就睡了。母亲也没接神。

中学毕业以后，新年，除了为还债着急，似乎已和我不发生关系。我在哪里，除夕便由我照管着哪里。别人都回家去过年，我老是早早关上门，在床上听着爆竹响。平日我也好吃个嘴儿，到了新年反倒想不起弄点什么吃，连酒也不喝。在爆竹稍静下些的时节，我老看见些过去的苦境。可是我既不落泪，也不狂歌，我只静静的躺着。躺着躺着，多咱烛光在壁上幻出一个"抬头见喜"，那就快睡去了。

原载1934年1月《良友画报》第八十四期

礼物

那戏水的蜻蜓，雨后自有人来观赏

我不能供献你，朋友，什么奇伟的思想；
我不能供献你，朋友，甚至于一首悦耳的歌；
我自幼就懂得，可是，怎么把一个钱当作两个花；
穷困中的经验——穷人的狡猾也是正义！
可是呢，一世界的苦恼还没压碎我的心；
我不会用一根头发拴住生命的船；
我的想象，像春天才有花，是开在我的经验里：
我知道自己不会跌倒，因为我时时刻刻都在挣扎。
那么，我所能供献给你的，只是我；
我小，我丑，但自古至今，只有我这么一个我。

在我之外，我没有半亩田；我的心在身里，
正如身外到处顶着一块蓝空，叫作天。
除去我的经验，简直不认识我自己；
我的经验中有你：我想起自己，必须想起来你，朋友！
能给你的，我已给过；能给我的，我已接收；
我还愿再给，再受；咱们是朋友。
这里面并没有较量，咱们愿意如此，这样舒服。
我们交换的也许是钱，也许是件衣裳；
但咱们也握手，咱们互视，咱们一同高声的喊……
这就够了，朋友，咱们活着，为彼此活着。
咱们还有个相同的理想——咱们活着，生里包括着死。
死是件事实，可也能变成行为；这应落泪的事实，
及至变成了行为，咱们笑着破坏，以便完成。
最多咱们毁了自己，至少咱们也完成一点，
哪怕是一丁点，真正的破坏，建设是另一个名儿。
假若一旦死分开你我，呕，那是必不可免的事实；
我或你先卧在地下，我或你来到坟前——
或者连个坟头也没有——我或你踏着那地上的青草，
何必含着泪呢，在记忆中咱们曾在一块儿活着过；
你我的价值，只有你我知道；死去的永远静默，

活着的必须快活；假若咱们没享受过，

为什么再使后来的哭丧着脸呢？咱们毁了生命，

就是埋在地下还会培润几条草根，使草叶有老玉样的深绿；这草叶上有你有我，笑吧，死便是生！

笑吧！假若咱们没那样的活过，咱们再活一百回，

有什么意思呢？生死一回就够了，因为这一回咱们尽了力；一个霹雳就收住了雨，那七色的长虹，

那戏水的蜻蜓，雨后自有人来观赏；认定了吧，

那不是咱们的事。朋友，我供献给你什么呢？

什么呢？假若不是鼓励，我怎伸得出去手呢！

原载1935年5月8日天津《益世报·文学》

小人物自述

我初次和世界会面的时节，世界就是那么寒冷无情的

一

假若人类确是由猴子变来的，像一些聪明人有板有眼的那么讲说，我以为在介绍我自己的时候，就无须乎先搬出家谱来了。

干脆的说吧，我姓王，名叫一成。我不敢说我喜欢这个姓，也不敢说一定讨厌它。人既必须有个姓，那么我碰上哪个就是哪个吧。再说呢，张王李赵几乎可以算作四大标准姓，将来政府施行姓氏统制的时候——我相信会有这么一天的——大概我还可以省去改姓的麻烦，这无论怎说也得算一点好处。至于我的名字，我倒常想把成数加高一些，即使不便自居“十成”，反正也须来个六七成吧。不过呢，据说

这个名字是父亲给起的，而且我们父子的关系好像只有这一点——因为在我活到十一个月的时候，他便死去了——那么，设若我冒然的改了名字，岂不把这点关系也打断，倒好似我根本没有过父亲么？好吧，假若用好字眼遮掩起坏心眼是件不十分对的事，我便老实的承认自己的藐小，只弄一成生命敷衍过去这一辈子吧。容或父亲，在给我起这个名字的时节，是另有心思的，比如说希望我成个什么专门家，明一经通一史，或有份专门的技艺；可是，我无从去探问这个，他既是死得那么早。我曾屡屡的问过母亲，她，连她，也一点不晓得父亲的心意。这几乎成了宇宙间小小的一个谜。即使我嫌它的成数过少，把生命打了很低的折扣，我也不肯轻易换掉它，唯恐破坏了那点神秘性。

是的，我的确是藐小。就拿我降生时的情形说吧，我没有一点什么主张与宣传，要不是我大姐从婆家赶回来，几乎没人知道王家又多了一个男孩，更不用说增光耀祖什么的了。

那时候，大姐已经出嫁，而且有了个女小孩。我倒不因为生下来便可以作舅舅而感谢大姐，虽然这是件值得自傲的事。我感谢她，因为她是头一个人发现了我，而把我揣在怀中的。要不是她，十之八九我想我是活不成了的，不管我是怎样的贪生怕死。

事实是这样的：父亲在外作生意，哥哥已去学徒，家中只有母亲和小姐姐。东屋的邻居关二大妈是满好而颇肥胖的，但是耳朵聋得像块碌碡似的。已寡的姑母是和我们住在一处的，她白天可不常在家，总到东邻西舍去摸索儿胡，有时候连晚饭也不回来吃。

母亲一定是愿意生个“老”儿子的；可是，大概也想到了长女已经出嫁，生了娃娃，似乎有点怪不好意思，所以谁也不肯惊动，只教小姐姐请了老娘婆来。那是腊月中旬，天冷得好像连空气也冻上了似的——谁要说我缺乏着点热情，应当晓得我初次和世界会面的时节，世界就是那么寒冷无情的。

正是日落的时候，我的细弱啼声在屋中宣读着生命的简单而委屈的小引言。生命的开始是多么寒俭呢！

我哭啼，母亲背过气去。小姐姐的哭声压过了我的去。她不知怎样才好，只双手捂着脸哭。无疑的，她是喜爱小弟弟的，可是在那生死不大分明的黄昏时节，也无疑的她更爱妈妈；所以，她简直没搭理我。我生下来活不活几乎是不成个问题，她只想用眼泪给母亲救活了。我到如今也未曾讥讽过她一句，说她只爱妈妈而不爱弟弟，因为我一到懂得爱妈妈的年纪，我也是老把妈妈当作我一个人的那么爱着。

正在这个时候，关二大妈来到了外间屋，掀开布帘向里间屋打了一眼。不知是怎么一股子巧劲，她一口咬定，说母亲是中了煤气。别人的话是没用的，她听不见。因此，她也就不和任何人辩论，而简当的凭着良心该干什么便干什么去。她闹哄着去找酸菜汤，又是去找解毒散；这些都没找到，她只由抽屉里翻出几个干红枣，放在了炉口上，据说这是能吸收煤气的。

这点十分真诚而毫无用处的热心使小姐姐哭得更厉害了。

“没事儿干吗又号丧？！丫头片子！”窗外喝了这么一声，姑母摸够了四五把牌，大概还输了几吊铜钱，进门儿便没好脾气。

小姐姐虽然一向怕姑母，可是大胆的迎了出去，一头扎在她的身上：“妈妈断了气！”

“啊？干吗无缘无故的断了气？我说今儿个丧气，果不其然的处处出岔子！扣叫儿的么四万会胡不出来，临完还输给人家一把九莲灯！”姑母是我们家中的霸王，除非父亲真急了敢和她顶几句，其余的人对她是连眼皮也不敢往高里翻一翻的。

“妈妈生了小孩！”小姐姐居然敢拉住了姑母的手，往屋里领。

“啊！孩子还不够数儿！添多少才算完呢？”姑母有过两

个孩子，据她自己的评判，都是天下最俊秀的娃娃，在哪里再也找不出对儿来。特别是那个名叫拴子的，在一岁半的时候便什么也会说，什么事儿也懂，头上梳着，啊哟，这么长，这么粗的一个大甜锥锥。姑母要是和些老太太们凑索儿胡，拴子就能在炕上玩一天，连口大气也不出。不过，可惜的是有一天拴子一口大气也没出就死了，多么乖呢！拴子没拴住，拴子的妹妹——眼睛就好比两汪儿雨水似的！——也没好意思多活几年。所以，姑母老觉得别人的孩子活着有点奇怪，而且对生儿养女的消息得马虎过去就马虎过去，省得又想起那梳着甜锥锥的宝贝儿来。

可也别说，姑母抽冷子也有点热心肠，也能出人意外的落几点同情的泪，教人家在感激她的时候都不大想说她的好话。小姐姐一拉她的手，她的心软了起来：“你爸爸呢？”

“没回来！”

“嗯！”姑母一手拉着屋门，一手拉着小姐姐，想了一会儿：“去！叫你姐姐去！快！”

小姐姐揉着眼，像疯了似的跑出去。

据关二大妈后来对我说故事似的细批细讲：姑母进到屋中，一个嘴巴把收生婆打到院中去，回手把炉口上的几个红枣全搂在火里，然后掏出些铜钱来摆在桌上算账，大概是细算算一共输了多少钱。她并没有往炕上看一眼！要不然关二大妈也就不会坚持着说母亲是中了煤气了。

大概那时候我要是有什么主意，那一定就是盼着大姐姐快来。她来到，叫了一声“妈”，顺手儿便把我揣了起来，她的眼泪都落在我的拳头大的脸儿上。我几乎要了母亲的命，而姐姐用她的泪给我施了入世的洗礼。

三小时后，母亲才又睁开了眼。

后来，每当大姐姐和小姐姐斗嘴玩的时节，大姐姐总说小姐姐顾妈不顾弟弟，小姐姐却说大姐姐顾弟弟不顾妈。母亲看看她俩，看看我，不说什么，只微微一笑，泪在眼眶里。这时候，姑母必定揪过我去：“要不是我出主意找姐姐去，你也活到今儿个？”她说完，看着大家，看明白大家的眼神完全承认她的话，才找补上一声“啊”！然后，右手极快的伸进和白面口袋一样宽的袖子，掏出个铜子儿来，放在我的手心上：“臭小子，哼！”

二

我一点不能自立：是活下去好呢？还是死了好呢？我还不如那么一只小黄绒鸡。它从蛋壳里一钻出来便会在阳光下抖一抖小翅膀，而后在地上与墙角，寻些可以咽下去的小颗粒。我什么也不会，我生我死须完全听着别人的；饿了，我只知道啼哭，最具体的办法不过是流泪！我只求一饱，可是母亲没有奶给我吃。她的乳房软软的贴在胸前，乳头只是两个不体面而抽抽着的黑葡萄，没有一点浆汁。怎样呢，我饿呀！母亲和小姐姐只去用个小沙锅熬一点浆糊，加上些糕干面，填在我的小红嘴里。代乳粉与鲜牛乳，在那不大文明的时代还都不时兴；就是容易找到，家中也没有那么多的钱为我花。浆糊的力量只足以消极的使我一时不至断气，它不能教我身上那一层红软的皮儿离开骨头。我连哭都哭不出壮烈的声儿来。

假如我能自主，我一定不愿意长久这么敷衍下去，虽然有点对不起母亲，可是这样的苟且偷生怎能对得起生命呢？

自然母亲是不亏心的。她想尽了方法使我饱暖。至于我到底还是不饱不暖，她比任何人，甚至于比我自己，都更关心着急，可是她想不出好的方法来。她只能偎着我的瘦脸，含着泪向我说：“你不会投生到个好地方去吗？”然后她用力的连连吻我，吻得我出不来气，母子的瘦脸上都显出一点很难见到的血色。

“七坐八爬”。但是我到七个月不会坐，八个月也不会爬。我很老实，仿佛是我活到七八月之间已经领略透了生命的滋味，已经晓得忍耐与敷衍。除了小姐姐把我扯起来趔趄着的时候，我轻易也不笑一笑。我的青黄的小脸上几乎是带出由隐忍而傲慢的神气，所以也难怪姑母总说我是个“姥姥不疼，舅舅不爱的小东西”。

我猜想着，我那个时候一定不会很体面。虽然母亲总是说我小时候怎么俊，怎么白净，可是我始终不敢深信。母亲眼中要是有了丑儿女，人类即使不灭绝，大概也得减少去好多好多吧。当我七八岁的时候，每逢大姐丈来看我们，他必定要看看我的“小蚕”。看完了，他仿佛很放心了似的，咬着舌儿说——他是个很漂亮的人，可惜就是有点咬舌儿——“哼，老二行了；当初，也就是豌豆那么点儿！”我很不爱听这个，就是小一点吧，也不至于与豌豆为伍啊！可是，恐怕这倒比母亲的夸赞更真实一些，我的瘦弱丑陋是无可否认的。

每逢看见一条癞狗，骨头全要支到皮外，皮上很吝啬的附着几根毛，像写意山水上的草儿那么稀疏，我就要问：你干吗活着？你怎样活着？这点关切一定不出于轻蔑，而是出于同病相怜。在这条可怜的活东西身上我看见自己的影子。我当初干吗活着？怎样活着来的？和这条狗一样，得不到任何回答，只是默然的感到一些迷惘，一些恐怖，一些无可形容的忧郁，是的，我的过去——记得的，听说的，似记得又

似忘掉的——是那么黑的一片，我不知是怎样摸索着走出来的。走出来，并无可欣喜；想起来，却在悲苦之中稍微有一点爱恋；把这点爱恋设若也减除了去，那简直的连现在的生活也是多余，没有一点意义了。

简单的说吧，我就是那么皮包着骨，懈懈松松的，活起来的，很像个空室里的臭虫，饥寒似乎都失去了杀死生命的能力，无可如何它。这也许就是生命的力量吧？

快到一周年了，我忽然的振作起来。父亲死在了外乡。哥哥太小，不能去接灵；姑母与母亲，一对新旧的寡妇，也没法子出去。路途的遥远，交通的不便，金钱的困难，又把托朋友或亲戚给办理的希望打断。母亲与小姐姐的眼都哭得几乎不能再睁开。就是正在这个时节，我振作起来：穿着件二尺来长的孝袍，我昼夜的啼哭，没有眼泪，只是不住的干嚎。

一两天下去，母亲，姑母，与小姐姐，都顾不得再哭父亲，她们都看着我，抱着我，勉强的笑着逗我玩，似乎必须得先把我逗笑了，她们才好安心的去痛哭父亲。我的啼声使她们心焦，使她们莫名其妙的恐惶不安，好像我若不停住哭声，就必有一些更大的灾难将要来到这个已够阴暗的家庭里。姑母，那么有脾气，好安适，居然在半夜起来抱着我，颠弄着在屋中走遛儿。桌上一盏菜油灯，发着点略带鬼气的光儿，小姐姐披着被子在炕上坐着，呆呆的看着墙上的黑影，看一会儿，揉一揉红肿着的眼。“妞子，睡吧！”姑母温和的劝说。小姐姐摇了一摇头，发辣的眼睛又湿了一次。姑母抱着我，母亲立在屋角，时时掀起衣襟擦着眼睛。我还是哭，嚎，瘦小的脸儿涨紫，窄胸脯儿似乎要爆炸开，生命仿佛只是一股怨气，要一下儿炸裂，把那细细的几根嫩骨都散碎在姑母的怀中。姑母一会儿耐性的逗我，一会儿焦躁的叫骂，一会儿向我说长道短的讲理，一会儿连我的父亲也骂在内。没有任何效果。最后，她把我扔给母亲，跑回自己的屋中数数唠唠的骂了一阵，而后又擦着泪跑回来：“还把他交给我吧！”

小而零碎的方法用尽，而困难依旧在眼前，那就非往大处想一想不可了。舅舅家的二哥，与大姐姐，都被请了来，商议个妥当的办法。二哥是最有热心肠的人，而且是这个场面中唯一的男子，当然他的话最有力量，不管他的意见是怎样的不高明。他主张去接父亲的灵，因为我的不合情理的哭嚎，一定是看见了鬼，小孩眼净，而无所归依的孤魂是不会不找到家中来的。假如能凑出一点钱来，他情愿跑上一趟，哪怕是背着呢，他也愿意把尸身背回来，安葬在祖茔里。

他的理由，他的热烈，都使大家点着头落泪；假若能凑

出钱来，他的话是没有一句可驳回的。不过，哪儿凑钱去呢？姑母手里有一点积蓄，而且为这件事也肯拿出来。母亲可是不能接受，把这点钱用了，指着什么还补上呢？即使不用偿还，我们可有养活姑母的能力没有呢？不能这么办，无论姑母是怎样的热诚与义气。大姐姐的家中也还过得去，她愿意向公婆去说。母亲又摇了头：这笔钱，不管是借谁的，是只能用而不能还的；那么，怎能教女儿受公婆一辈子的闲话呢。此外，别无办法，连二哥也是从手到口，现挣现吃的人。谁能狠心的把丈夫的尸身抛在异乡呢，若是但分有主意可想的话。母亲可是横了心，她的泪并没有浸软了她的刚强，她只恨自己是个妇道，不能亲自把丈夫背负了回来；至于为这件事而使别人跟着吃累，说什么她也不能点头。在她的心要碎的时节，她会把牙咬紧。

于是，二哥又出了次好的主意，灵若是可以暂时不接，至少家中得请几个僧人来念一台经，超度超度，世界上没有比这个再好的方法了，因为这能不费很多的周折就办到；大家在凄凉之中感到一点轻松与安慰。据母亲的意思呢，只须请五个和尚——因为这是个起码的数目——接个光头儿三就行了。这就是说，和尚傍天黑的时候来到，打打法器，念上几句，而后随着纸人纸马去到空场；纸东西燃着，法器停响，和尚们就不用再回来；省事省钱，而法器的响动——据母亲看——即使不能安慰孤魂，也总可以镇吓住它不再来惊吓将到周岁的小宝宝。苦人的正气是需要一点狠心维持着的，母亲是想独自办了这件事，不求任何人来帮忙。

姑母与大姐当然是不能赞同的，大姐姐以为糊烧活必定是她的事，以一个出了嫁的女儿来看，这点孝心不但是义务，也是权利，别人是没法抢劫了去的。姑母呢，就着事情自然的程序，把和尚扩充到七名，而且是必须念一整夜的经。死了的是她的弟弟，无论怎样也不能只用法器惊动一下的。

于是，大姐姐给糊来一份很体面的车马，二哥七拼八凑的献了一桌祭席，姑母监视着七位僧人念了一台经，母亲给僧人们预备的素菜与柳叶儿汤。当送出烧活的时候，二哥搀领着哥哥，小姐姐抱着我，全胡同的邻居都笑着出来看热闹，而抹着泪走进街门去。

回来，我便睡在小姐姐的怀中，再也不哭嚎了。

到夜里三点多钟，和尚们念到“召请”：正座儿戴起目莲僧式的花帽，一手掐诀，一手摇着集魂铃，然后用掐过诀的手指抓起些小面球向前面扔去，意思是打走那些冤魂怨鬼，而单让父亲平安无阻的去参见阎王。小姐姐哆嗦着，一手捂着眼，一手在地上摸，拾起些这避邪壮胆的小面球，留

给我吃。

小面球必定是很灵验的，因为我再也不见神见鬼的瞎闹。直到我二十多岁，这点“坡”派风味的故事还被亲友们记忆着，他们都晓得我能看见鬼，我的眼必是与常人的大不相同，我见了鬼还能不怕，因为曾在幼小的时期尝过那带有佛法的面球。有一回，一位在东洋学过化学而善于拘鬼的人，请我去参观他所召集的鬼群，不知怎的，我连个鬼毛儿也没看到。不知是他的法术欠佳，还是因为我的眼睛近视了一些，到如今这还是个值得研究的问题。

三

当母亲与姑母讨论是否去接灵的时候，她们心中都隐藏着一点不愿说出来的话。我们有不动产，就是我们住着的那所破房，房子无论怎么破，契纸总是庄严而完整的，盖着衙门里的大红印。指着这份契纸，无疑的我们是可以借到一些钱的。这个，她们都晓得。

可是，母亲等着姑母先出这个主意，因为在买房的时节，父亲与姑母是合股出的钱，虽然契纸是落在父亲的名下。姑母呢，不愿出这样的绝户主意。她知道，借了款就没法还上，那么到时候人家再找过一点钱来，房子便算人家的了。不错，房子一半是她的，可是自从她一守寡，便吃着弟弟，受弟妇的服侍；她愿意把这点产业留给内侄们，才能在死去的时候心里不至于太不舒服了。所以，她一声没出。

姑母既不言语，母亲就更不便于多嘴。她看得非常的清楚，此后的生活是要仗她自己维持了。怎样去维持？她还没想好。不过，责任是没法不往自己身上叫过来的。那么，先有几间破房住着，哪怕是一家大小挨饿呢，总还不至于马上到街上去出丑。关上两扇破门，墙儿外的人是无从看见我们的泪容的。为教儿女们住在屋里，便只好把丈夫的尸骨扔在异乡，狠辣的手段出自慈善的心肠，寒家是没有什么浪漫史的。

我便在这所破房子里生长起来。这是所敞亮而没有样子的房子，院子东西长，南北窄，地势很洼，每逢下了大雨，院中便积满了水，很像一条运河。北屋三间，有两个门；我们住两间，姑母住一间，各走各的门。东屋两间，租给关二大妈和她的学油漆匠的儿子住着。她的耳朵极聋，她的眼睛很大，也许是因为她老听不见话，所以急得她常瞪着眼吧。东屋的背后是小小的厕所，空气还不算十分坏，因为是露天的；夜晚一边出恭，一边就可以数天上的星星，也还不怎么寂寞。因为院子南北里窄，所以两间南房是在西尽头，北

房的西垛子对着南房的东垛子，于是两间的垛子形成了一座关口似的，下雨的时候，这里的积水最深，非放上板凳不能来往。

这所房，通体的看来，是不宜于下雨的。不但院中可以变作运河，而用板凳当作桥，屋子里也不十分干燥，因为没有一间不漏水的。水最多的当然是那两间南房，原因是自从我能记事的时候起，我就没看见它有过屋顶。这是两间很奇怪的屋子。

院里一共有三棵树：南屋外与北屋前是两株枣树，南墙根是一株杏树。两株枣树是非常值得称赞的，当夏初开花的时候，满院都是香的，甜梭梭的那么香。等到长满了叶，它们还会招来几个叫作“花布手巾”的飞虫，红亮的翅儿，上面印着匀妥的黑斑点，极其俊俏。一入秋，我们便有枣子吃了；一直到叶子落净，在枝头上还发着几个深红的圆珠，在那儿诱惑着老鸦与小姐姐。

那棵杏树简直提不得。我不记得它结过杏子，而永远看见它满身都是黑红的小包包，藏着一些什么虫儿。它的叶子永远卷卷着，多毛的绿虫一躬一躬的来往，教谁都害怕。

母亲爱花，可是自从父亲死后，我们的花草只有减无加；买花自然得用钱，而为每月的水钱也少不得要打一打算盘的，我们只剩下一盆很大的粉红双瓣的夹竹桃，与四棵甜石榴。这五株花的年纪都比小姐姐还大，它们一定是看见过母亲的青春的。年纪大，它们已好似成为家中人口的一部分，每当小姐姐教给我数算家中都有谁的时候，我们必定也数上夹竹桃与甜石榴。所以，我们谁也不肯断绝了它们的清水。再说呢，这种木本的花儿都很容易养，好歹的经一点心，它们便到时候开些花。到冬天，我们把它搬到屋里来，给夹竹桃用旧纸糊一个大风帽，把叶子都套在里面，省得承受一冬的灰土。石榴入冬没有叶子，所以用不着戴纸帽，反之，我们倒教它们作一些简单易作的事情，比如教它们给拿着筷子笼与小笊篱什么的。一冬都无须浇水，我们只在涮茶壶的时候，把残茶连汁带叶的倒在盆里，据说茶叶中是有些养分的。到了“谷雨”左中，菠菜已有三尺来长的时候，我们把它们搬到院中去，到四五月间，我们总有些照眼明的红花。配上墙根的一些野花，屋瓦上一些小草，这个破院子里也多少有一些生气。及至到了中秋节，我们即使没能力到市上买些鲜果子，也会有自家园的红枣与甜石榴点染着节令。

院子的南墙外，是一家香烛店的后院，极大，为的是好晒香。那边的人，我们隔着墙不能看见，只听见一些人声。可是，在墙这边，我们能看见那边的各色的蜀菊花，与一棵

大槠树，树上在夏天结满了鲜红的椹子。我们的老白猫，在夜间，总是到那边去招待朋友，它们的呼号是异常的尖锐而不客气，大概猫的交友与谈话是另有一种方法与规矩的，赶到我们呼唤它的时候，十回倒有八回它是由槠树上跳到墙头，而后再由那棵似乎专为给它作梯子用的杏树跳到地上来。在我的小小的想象里，我仿佛觉得老猫是来自个什么神秘的地域，我常幻想着我有朝一日也会随着它到“那边”去探探险。

过了这个香厂子，便是一家澡堂。这更神秘。我那时候，就是欠起脚来也看不见澡堂子的天棚，可是昼夜不绝的听到打辘轳的声音，晚上听得特别的真；呱嗒，呱……没声了，忽然哗——哗——哗啦哗啦……像追赶着什么东西似的。而后，又翻回头来呱嗒，呱嗒。这样响过半天，忽然尖声的一人喊了句什么，我心里准知道辘轳要停住了，感到非常的寂寞与不安。好多晚上的好梦，都是随着这呱嗒的声音而来到的！好多清早的阳光，是与这呱嗒呱嗒一同颤动到我的脑中的。赶到将快过年，辘轳的声音便与吃点好东西的希望一齐加紧起来！每到除夕，炮声与辘轳是彻夜不断的，我们没钱买炮放，压岁钱也只有姑母所给的那几个，清锅冷灶的一点也不热闹，一家大小就那么无从欢喜，也不便于哭的，静静听着辘轳响，响得有点说不出来的悲哀。

我们的胡同是两头细中间宽的。很像地图上两头有活口的一个湖。胡同的圆肚里有我们六户人家，和两棵大槐树。夏天，槐树的叶影遮满了地，连人家的街门都显着有点绿阴阴的。微风过来，树影轻移，悬空的绿槐虫便来回的打着秋千。在这两株大树下面，小姐姐领着我捡槐虫，编槐花，和别家小孩们玩，或吵嘴；我们不知在这里曾消磨过多少光阴，啼笑过多少回。当我呆呆的向上看着树叶的微动，我总以为它们是向我招手，要告诉我些什么怪亲密和善的言语似的。

这些个记住不记住都没大要紧的图像，并不是我有意记下来的，现在这么述说也并不费什么心力；它们是自自然然的生活在我的心里，永远那么新鲜清楚——一张旧画可以显着模糊，我这张画的颜色可是仿佛渗在我的血里，永不褪色。

因此，我常常有一些几乎是可笑的恐怖：比如说吧，我这个孤儿假若没有这样的一个家庭，或假若我是今天搬到这里明天搬到那里，我想我必不会积存下这些幅可宝贵的图画。私产的应该消灭几乎是个有点头脑的人都能想到的，家庭制度的破坏也是一些个思想前进的人所愿主张的。可是据我看，假若私产都是像我们的那所破房与两株枣树，我倒甘心自居一个保守主义者，因为我们所占有的并不帮助我们脱离贫困，

可是它给我们的那点安定确乎能使一草一木都活在我们心里，它至少使我自己像一棵宿根的小草，老固定的有个托身的一块儿土。我的一切都由此发生，我的性格是在这里铸成的。假若我是在个最科学化的育婴堂或托儿所长起来的，也许我的身心的发展都能比在家里好上好几倍，可是我很不放心，我是否能有一段幼年的生活，像母亲，小姐姐，和那几株石榴树所给我的。

当我旅行去的时候，我看见高山大川和奇花异草，但是这些只是一些景物，伟丽吧，幽秀吧，一过眼便各不相干了，它们的伟丽或幽秀到不了我的心里来，不能和我混成一个。反之，我若是看见个绿槐虫，我便马上看见那两株老槐，听见小姐姐的笑声，我不能把这些搁在一旁而还找到一个完整的自己；那是我的家，我生在那里，长在那里，那里的一草一砖都是我的生活标记。是的，我愿有这种私产，这样的家庭；假若你能明白我的意思——恐怕我是没有说得十分清楚——那么也许我不至于被误会了。不幸我到底是被误会了，被称为私产与家庭制度的拥护者，我也不想多去分辩，因为一想起幼年的生活，我的感情便掐住了我的理智，越说便越不近情理，爽性倒是少说的为是吧。

四

我们的街门门楼是用瓦摆成了一些古钱的，到我能记事的时候，可是，那些古钱已然都歪七扭八的，在钱眼里探出些不十分绿的草叶来。每逢雪后，那可怜的小麻雀在白银世界里饿着肚子，便悬在这些草梗上啄取那不丰满的草粒儿。两扇门的破旧是不易形容得恰到好处的；大概的说，它们是瘦透玲珑，像画中的石头那么处处有孔有缝。自然这一点也无碍于我们天天晚上把它们关好，扣上镣吊儿，钎好插关。并且倚上一块大石头；我们的门的观念反正是齐全的。门框上，有许多年也没贴过对联，只在小姐姐出阁的那一年，曾由我亲自写过一副：我自信是写得很好，可惜被母亲把上下联贴颠倒了。左右门垛上的青灰并没有完全脱落，我确乎记得有那么两三块，像石板似的由水夫画满了鸡爪形的记号，好到月底与我们算账；姑母有时候高兴，便顺手把鸡爪擦去一两组，水夫与我们也都不说什么。

门洞只有二尺多宽，每逢下小雨或刮大风，我和小姐姐便在这里玩耍。那块倚门的大石头归我专用，真不记得我在那里唱过多少次“小小子，坐门墩”。影壁是值不得一提的，它终年的老塌倒半截儿：渐渐的，它的砖也都被拾去另有任

用，于是它也就安于矮短，到秋天还长出一两条瓜蔓儿来，像故意要点俏似的。

长大成人之后，我逛过一次金銮宝殿。那里，红墙接着红墙，大殿对着大殿，处处碰壁，处处齐整，威严倒也威严，可是我很怀疑，皇太子可曾看见过影壁上长出来的瓜蔓。假若他有意和我换换住处，我还真不喜欢那些死板板的院落呢，对着那些红墙，我想就是比太白还聪明的人也难得写出诗来吧。反之，我们的破房子，处处萧疏洒脱，凡是那些清癯的诗人们所描画的颓垣败瓦，与什么落叶孤灯，在这里是都能领略到的，我们的院里，在夏日晚间，确是有三五萤火与不少蟋蟀的。

至于我们的那几间屋子，不知怎的说起来倒不如院里这些东西有趣。我最熟习的当然是我们住着的那两间。里间是顺檐的一铺大炕，对着炕是一张长大的“连三”。这张桌子上有一对画着“富贵白头”的帽筒，里面并没有什么东西，外面可有不少的铁锯子。桌头摆着个豆青地蓝花的大掸瓶，样式拙重，只装着一把鸡毛掸子，有些大而无当。炕与连三之间，靠着西墙，是一个大木箱，也兼作凳子，当屋中的座位都被占据了的时节，便得有人上这箱子上去，可是无论怎样坐着不能显出很自然的样子，两只红漆小凳是随便放在哪里都可以的，但是每天早上必定在连三的前边，暂时充当洗脸盆架。我不敢说我不喜爱这些东西，和它们陈列的方法，可是我也不十分迷信它们。大概它们最大的缺陷还不是它们本身的恶劣，而是屋中的空隙太小，所以哪样东西都带出点“逼人太甚”的意味，因而我也就感到一些压迫似的。

外间屋就好得多了：北墙根有张八仙桌，桌面的木板是那么不平正，放点什么也不会安妥的立住，所以上面永远是空的。八仙桌旁有两把椅子，是榆木擦漆的；冬天，火炉在里间屋内，没人来坐它们：夏天，一遇到反潮，那些漆皮就偷偷的抽敛起来，出着一些颇有胶性的汗味，也就没人敢去牺牲裤子。空的桌，空的椅，永远有种使人敬而远之的威严，于是我对它们就发生了点有相当距离的爱慕。只有春秋不冷不潮的时节，我才敢爬上椅子去，坐那么一会儿，觉得分外的香甜适意。

东墙根是一张佛爷桌，上面供着灶王龛与财神爷，他们分享着一份小号的锡烛台，香炉可是一大一小的两个。龛头上的旧佛字被香烟熏的渺茫阴暗，看过去总有些神秘。到新年的时候，便有一只小瓦盆，盛着年饭，饭上摆着几个红枣与一块柿饼；我总是不放心那几个枣子，所以还到不了初五六便都被我偷吃干净；我的肚子，我以为是十分靠得住的

地方。佛桌下面横搭着一块板，托着很厚的尘土。尘土，在器物上，是多少有点可怕的，所以我很久就想动一动板子上的东西，可是许多次手到那里又缩了回来。最后，我攒足了胆量去探险，我在那里发现了三本《三侠五义》与好几本《五虎平西》。前者的纸很绵软，字儿很小而秀气，而且有一本全是小人儿。后者极不体面，纸黄，本子小，字儿大而模糊。我把那有小人儿的一本当作了宝贝。姑母虽不识字，可是据说姑父在世的时候是个唱戏的，所以姑母懂得许多戏文，许多故事，闲着的时候也喜欢去听大鼓书词和评讲《包公案》什么的，并且还能评判好坏，因为姑父是地道内行的戏子呀。她看了看那本书，告诉了我哪个是包公，哪个是老陈琳，于是我就开始明白：除了我所认识的人以外，还有些人是生长在书里的。

佛爷桌的对面是一口大缸，缸上横着一块长石板儿，放着个小瓦罐。我看不见缸里的水，可是我会把嘴张在石板儿的一头下，等着一滴滴的水落在我的口中。在夏天，什么地方都是烫手的热，只有这口缸老那么冰凉的，而且在缸肚儿以下出着一层凉汗，摸一摸好像摸到一条鱼似的，又凉又湿。

总之，外间屋是空灵静肃的。每天早上初次由里间走出来，我总感到一些畅快；虽然里外间只是一帘之隔，可是分明的有两样空气与情景。晚饭后，还不到点灯的时候，佛龛前便先有六个安静的火星儿，徐徐的冒着些香烟。灶王与财神是每天享受三炷香的。不过，有时候我只看见一炷香孤立在炉中，我便知道母亲的袋中又没了钱，而分外的老实一些，免得惹她生气。自然，还有时候连一炷香也没有，神们和人们就都静默无言，很早的都睡了觉。

我不常到姑母的屋中去。一来是她白天不常在家，二来是她好闹脾气；所以除非她喊我进去，我是不便自动的跑去讨厌的。况且我还不喜爱那间屋子呢。姑母屋中有我们那么多的东西；不，恐怕是比我们的东西还多呢，比如说，她的大镜子与茶叶罐，便是我们所没有的。母亲与小姐姐梳头，只用一面很小的镜子，每次都会把鼻子照歪了的。姑母的这么些东西都放在一间屋子里，无疑的是彼此挤着，压着，好像谁也喘不出来气。在这里，我觉得憋得慌。还有呢，姑母若是急于出去听鼓书或摸索儿胡，便不顾得收拾房间，盆朝天碗朝地的都那么摆着。母亲不喜爱这项办法，所以小姐姐与我也就不以为然。更使我们看不上眼的，是姑母独自喝茶的时候，总是口对壶嘴，闭住气往下灌。到有客来的时候，她才陪着用一次茶杯。我们很自幸不是她的客人，永远不喝她的茶；我们也暗中为客人们叫苦，可是无法给他们点警告。

脆快的说吧，我对这间屋子的印像欠佳。自然，若是有人强迫着我报告那里都有什么东西，我是不会失败的。不过，我真不愿去细想，因为东西和人一样，一想起便头疼的总是关闭在心中好；过于直爽的人，我看，是不会作诗的。

关二大妈的那两间东屋没有隔断，一拉门便看见屋中的一切，那铺大炕是那么大，好像是无边无岸的，以至于使我想到有朝一日它会再大起来，而把一切的东西都吞并下去。这可也并不很难实现，因为屋中是那么简单，简直没有什么东西可以阻住大炕的野心的。

东西虽然不多，可是屋中，在夏天，非常的热；窄长的院子的阳光与热气仿佛都灌到此处来。关二大妈在屋中老是光着脊背，露着两个极大而会颤动的乳。她的身上，与母亲的大不相同，简直的找不到筋骨，而处处都是肉，我最喜爱用手摸她的脊背，那么柔软，那么凉滑。因而我常劝告母亲也学着点关二大妈，把肉多往外长一长。母亲不说什么，只不像笑的那么笑一下。

关二大妈的可爱战胜了那两间屋子的可憎。我一天倒在那里玩耍半天。我嚷我闹，她都听不见；她总夸奖我老实安稳。有时候我张开大嘴去喊，故意的试试她讨厌我否，我失败了。她便顺手数数我的牙有多少，然后称赞我的牙个个都可爱。当她后来搬走了的时候，我在梦中都哭醒过好几次，口口声声的要二大妈。白天，我偷偷的跑到那空屋去，念念叨叨的：“二大妈，给你菠菜，你包饺子吧！”我想象着她坐在炕沿上，向我点头，向我笑；可是我摸不到她的胖手了。急得无法，我便到院中拾一两朵落花，给她送去。因为她是极喜欢戴花的，不管是什么不合体统的花，她总是有机会便往头上插的。落花送到炕沿上，没有那与笑意一同伸出来的手。关二大妈！我绕着墙根儿叫遍，没有任何动静！

有母亲，没父亲；有姑母，没姑父；有关二大妈，没关二大爷：合着我们院中的妇人都是寡妇。所以，我那时候以为这是理当如此的，而看那有父亲的小孩倒有点奇怪。用不着说，我久而久之也有点近乎女性的倾向，对于一切的事都要像妇女们那样细心的管理，安排。而且因此对于那不大会或不大爱管家事的妇女，不管她是怎样的有思想，怎样的有学问，我总是不大看得起的。自然，我决不会帮助谁去喊：“妇女们回到厨房里去！”可是我知道，我也不会帮着谁去喊：“妇女们，上戏馆子去！”

现在该说那两间破南屋了：有炕的那一间，是完全没有屋顶的。据说，当年我祖母的寿材就放在那里；自然那时候屋顶是还存在一些的。当我大姐姐十六岁的时候，有人来相

看她，而且留下一对戒指，她就藏在棺材后面蹲了一天，谁叫她，她也不肯应声，更不用说是出来了。到了晚间，她的眼泪大概已经洒完，而腹中怪空虚，才给了母亲个面子，回到北屋吃了两碗茶泡饭。有这段历史的犀子，后来，只剩了半截儿炕，炕上长着很足壮的青草。没有炕的那一间的屋顶还留着个大概，里在放着一块满是尘土的案子，案子上横七竖八的堆着一些无用的东西。当我的腿一会迈步的时候，我就想到这里去检阅一下，看看有没有好玩的物件。这间屋子破得既可怜，又可怕，我的怜悯与好奇凝成一股勇气，时时催促着我到里面看看。

那是在何年何月？可惜我已记不甚清了。我到底是钻进了那间可怕的屋子里去。按说，这个年月是绝不应忘记的，因为这是值得大书而特书的——我在那里发现了些玩具。我是怎样的贫苦？不大容易说，我只能告诉你：我没有过任何的玩具！当母亲拆洗棉被的时候，我扯下一小块棉花；当家里偶尔吃顿白面的时候，我要求给我一点：揉好了的面，这就是我的玩艺。我能把那点棉花或面块翻来覆去的揉搓，捏成我以为形态很正确的小鸡小鱼，与各样的东西。直到我进到这间破屋子里，我才有了真正的玩具：我得到十几个捏泥饽饽的模子，和几个染好颜色的羊拐子。也许是哥哥学徒去的时候，把它们藏在了那里吧？不去管吧，反正我有了好玩的东西，我的生命骤然的阔绰起来！我请求小姐姐给缝了个小布袋，装上那几个羊拐；至于那些模子，便收藏在佛爷桌底下，托灶王爷与灶王奶奶给我看守着；连这么着，我还要一天去看几十遍。到了春天，调一点黄泥，我造出不少的泥饽饽来，强迫着小姐姐收买；她的钱便是些破磁器儿。我等到我把货都卖净，便把磁瓦儿再交回小姐姐，教她从新再买一次或几次。

原载1937年8月天津《方舟》第三十九期

宗月大师

人们吃他，他甘心教他们吃；人们骗他，

他付之一笑

在我小的时候，我因家贫而身体很弱。我九岁才入学。因家贫体弱，母亲有时候想教我去上学，又怕我受人家的欺侮，更怕交不上学费，所以一直到九岁我还不识一个字。说不定，我会一辈子也得不到读书的机会。因为母亲虽然知道读书的重要，可是每月间三四吊钱的学费，实在让她为难。母亲是最喜脸面的人。她迟疑不决，光阴又不等待着任何人，荒来荒去，我也许就长到十多岁了。一个十多岁的贫而不识字的孩子，很自然的是去作个小买卖——弄个小筐，卖些花生、煮豌豆，或樱桃什么的。要不然就是去学徒。母亲很爱我，但是假若我能去作学徒，或提篮沿街卖樱桃而每天赚几百钱，她或者就不会坚决的反对。穷困比爱心更有力量。

有一天刘大叔偶然的来了。我说“偶然的”，因为他不常来看我们。他是个极富的人，尽管他心中并无贫富之别，可是他的财富使他终日不得闲，几乎没有工夫来看穷朋友。一进门，他看见了我。“孩子几岁了？上学没有？”他问我的母亲。他的声音是那么洪亮（在酒后，他常以学喊俞振庭的《金钱豹》自傲），他的衣服是那么华丽，他的眼是那么亮，他的脸和手是那么白嫩肥胖，使我感到我大概是犯了什么罪。我们的小屋，破桌凳，土炕，几乎禁不住他的声音的震动。等我母亲回答完，刘大叔马上决定：“明天早上我来，带他上学，学钱、书籍，大姐你都不必管！”我的心跳起多高，谁知道上学是怎么一回事呢！

第二天，我像一条不体面的小狗似的，随着这位阔人去入学。学校是一家改良私塾，在离我的家有半里多地的一座道士庙里。庙不甚大，而充满了各种气味：一进山门先有一股大烟味，紧跟着便是糖精味（有一家熬制糖球糖块的作坊），再往里，是厕所味，与别的臭味。学校是在大殿里。大殿两旁的小屋住着道士，和道士的家眷。大殿里很黑，很冷。神像都用黄布挡着，供桌上摆着孔圣人的牌位。学生都面朝西坐着，一共有三十来人。西墙上有一块黑板——这

是“改良”私塾。老师姓李，一位极死板而极有爱心的中年人。刘大叔和李老师“嚷”了一顿，而后教我拜圣人及老师。老师给了我一本《地球韵言》和一本《三字经》。我于是，就变成了学生。

自从作了学生以后，我时常的到刘大叔的家中去。他的宅子有两个大院子，院中几十间房屋都是出廊的。院后，还有一座相当大的花园。宅子的左右前后全是他的房屋，若是把那些房子齐齐的排起来，可以占半条大街。此外，他还有几处铺店。每逢我去，他必招呼我吃饭，或给我一些我没有看见过的点心。他绝不以我为一个苦孩子而冷淡我，他是阔大爷，但是他不以富傲人。

在我由私塾转入公立学校去的时候，刘大叔又来帮忙。这时候，他的财产已大半出了手。他是阔大爷，他只懂得花钱，而不知道计算。人们吃他，他甘心教他们吃；人们骗他，他付之一笑。他的财产有一部分是卖掉的，也有一部分是被人骗了去的。他不管；他的笑声照旧是洪亮的。

到我在中学毕业的时候，他已一贫如洗，什么财产也没有了，只剩了那个后花园。不过，在这个时候，假若他肯用用心思，去调整他的产业，他还能有办法教自己丰衣足食，因为他的好多财产是被人家骗了去的。可是，他不肯去请律师。贫与富在他心中是完全一样的。假若在这时候，他要是不再随便花钱，他至少可以保住那座花园，和城外的地产。可是，他好善。尽管他自己的儿女受着饥寒，尽管他自己受尽折磨，他还是去办贫儿学校，粥厂，等等慈善事业。他忘了自己。就是在这个时候，我和他过往的最密。他办贫儿学校，我去作义务教师。他施舍粮米，我去帮忙调查及散放。在我的心里，我很明白：放粮放钱不过只足延长贫民的受苦难的日期，而不足以阻拦住死亡。但是，看刘大叔那么热心，那么真诚，我就顾不得和他辩论，而只好也出点力了。即使我和他辩论，我也不会得胜，人情是往往能战败理智的。

在我出国以前，刘大叔的儿子死了。而后，他的花园也出了手。他入庙为僧，夫人与小姐入庵为尼。由他的性格来说，他似乎势必走入避世学禅的一途。但是由他的生活习惯上来说，大家总以为他不过能念念经，布施布施僧道而已，而绝对不会受戒出家。他居然出了家。在以前，他吃的是山珍海味，穿的是绫罗绸缎。他也嫖也赌。现在，他每日一餐，入秋还穿着件夏布道袍。这样苦修，他的脸上还是红红的，笑声还是洪亮的。对佛学，他有多么深的认识，我不敢说，我却真知道他是个好和尚，他知道一点便去作一点，

能作一点便作一点。他的学问也许不高，但是他所知道的都能见诸实行。

出家以后，他不久就作了一座大寺的方丈。可是没有好久就被驱除出来。他是要作真和尚，所以他不惜变卖庙产去救济苦人。庙里不要这种方丈。一般的说，方丈的责任是要扩充庙产，而不是救苦救难的。离开大寺，他到一座没有任何产业的庙里作方丈。他自己既没有钱，他还须天天为僧众们找到斋吃。同时，他还举办粥厂等等慈善事业。他穷，他忙，他每日只进一顿简单的素餐，可是他的笑声还是那么洪亮。他的庙里不应佛事，赶到有人来请，他便领着僧众给人家去唪真经，不要报酬。他整天不在庙里，但是他并没忘了修持；他持戒越来越严，对经义也深有所获。他白天在各处筹钱办事，晚间在小室里作工夫。谁见到这位破和尚也不曾想到他会是个在金子里长起来的阔大爷。

去年，有一天他正给一位圆寂了的和尚念经，他忽然闭上了眼，就坐化了。火葬后，人们在他的身上发现许多舍利。

没有他，我也许一辈子也不会入学读书。没有他，我也许永远想不起帮助别人有什么乐趣与意义。他是不是真的成了佛？我不知道。但是，我的确相信他的居心与言行是与佛极相近似的。我在精神上物质上都受过他的好处，现在我的确愿意他真的成了佛，并且盼望他以佛心引领我向善，正像在三十五年前，他拉着我去入私塾那样！

他是宗月大师。

原载1940年1月23日《华西日报·每周文艺》

自述

个人内心的痛苦是用不着报告给不关切他的人的

抗战第一年的深秋，我带了五十块钱，由济南跑到汉口。一晃儿，四年了！

妻是深明大义的。平日，她的胆子并不大。可是，当我要走的那天，铺子关上了门，飞机整天在飞鸣，人心恐慌到极度，她却把泪落在肚中，沉静的给我打点行李。她晓得必须放我走，所以不便再说什么。四年没听见她的语声了，沉毅的静默，将永远使我坚强！

儿女都小，不懂得别离之苦。小乙帮助着妈妈给爸爸拾收东西，而适足以妨碍妈妈。我叱了他一声，他撇了撇嘴，没敢哭出来。至今，我觉得对不起小乙；现在他大概已经学会写几个字了吧?

四年了，每一空闲下来，必然的想起离济南时妻的沉静，与小乙的被叱要哭；想到，泪也就来到；可是，抗战期间，似乎应把个人的难过都忍在心中，不当以泪洗面；我不敢哭。同时，我总设法教自己忙碌；没有空闲，也就没有了闲愁。

要把相当忙碌的四年中所经历的一切都写下来，恐怕不大容易；挑选着说一点吧：

一、我的苦恼：自幼就穷，惯于吃苦。可是，自幼就好洁净，虽在病中也不肯不洗手洗脸，衣服不怕破烂，只怕脏。抗战中，我连好清洁的习惯也不能保持了，很难过。

既爱清洁，很自然的也就爱秩序。饮食起卧都有定时，一切东西都有一定的地位。秩序一乱，我就头昏，没法写作。抗战四年，我没有写出很多的文章来，写出的一点也十分拙劣，恐怕没有秩序是个很重要的原因。

爱洁净秩序的人往往好安静。我就是那样。不大爱热闹，不喜欢见生人。可是，在抗战中，没法把自己隐藏起来，什么地方都须去，什么生人都须见，不管我愿意不愿意。设若我能自主，我一定会躲在深山里去。可是流亡四方，原为作一点有益于抗战的事，怎能藏起去呢？也许还有人说我风头十足呢？咱们心里分明；个人内心的痛苦是用不着报告给不

关切他的人的。

按理说，上述的一些小苦恼本算不了什么。比起抗战将士所受的苦处，这真是微乎其微了。不过，假若我是作着别的事，我想一定不会抱怨什么；我要写作，这就不同了。写作有许多条件，个人的习惯也得算一个。把我放在一个毫无秩序的地方，我实在无法工作。啊，一个人是多么不易适应环境呀！我真钦佩羡慕那些战地的文艺工作者和新闻记者，他们即便是爬在土壕里，还能写他们的笔记或报告。我愿自己也有这种本领！战时的文人，据我看，不但要有文艺上的修养，还须有体质上的准备，“文弱”是战时文人的坏的形容词！可惜，我已年过四十，求不生疾病已属不易；要说一时就把自己练成运动家的模样，或者近乎梦想了。盼望青年文人们都注意到身体！

好清洁与爱秩序绝不是恶劣的习惯，我想不会有人以为我是要养尊处优的去吟风弄月。我之所以提到因不能保持这并不是要不得的习惯而感到苦恼者，倒是为说明假若我有健壮的身体，我就可以连这点苦恼也渐次消灭，使生活的不安毫不影响到我的工作。同时，我还要借此说明：这四年来，我已经没有什么私生活可言。家眷不在我的身边，住处无定，起睡没有定时；别人教我怎样，我就怎样，没有哪一天可以算作我自己的。就是自己的工作，有时候也不能自主；我生活在团体里，我的写作也就往往受人之托，别人出题，我去写。这种没有私生活的生活，给我许多苦痛，可是渐渐的也习惯下来。为了抗战，许多写家是这样的活着；人家既能忍受，我就也得忍受；战争带来的苦难，每一个人都应当分担一些。至于说这种生活妨碍了写作，自然使我最感不快，可是社会上既还没想到文字的事业应当在安静方便的处所去作，而给文人们预备一个工作室，我就只好在忙乱与嘈杂的缝子中，忙里偷闲的去写一点。写不出好东西，还是我自己来负责，不怨别人——要怨，也似乎只好怨自己没有牛一般的力气吧。

二、我的欣悦：抗战以前我不是在青岛，便是在济南，连北平也不大常去。因此，平沪两大文艺本营的工作者，认识我的很少。抗战后，有了见面的机会，我交了许多的朋友。前面说过，我羞见生人；文人中自然也有不少生人，可是我不怕见他们，且愿交为朋友，因为既同是文人，自有相近之处，人虽生，而气味似久已相投，恨未一面耳。

单单是大家呼兄唤弟，不但没有用处，而且也显着肉麻。我的朋友增多，每个人都有他的经验与特长，这才是学习与研究的好机会呀，这才使我欣喜呀！我们谈，我们相互批评，于是我的胆子大起来。不会写剧本么？去讨教！写得不好么？请大家批评！就是在这种友谊中，我才开始练习写诗歌与剧本。除了个人的获得，我也为整个的文艺界欣喜，因为互相教导与批评的风气在抗战中造成，一定不会因抗战胜利而消灭；那么，这种好风气的继续存在，也就是文艺能进步不停的保证。

有了这个欣喜，便克服了一切的小烦恼。什么衣服无人补啊，饿冷无人问啊，都是小事，都是小事！我是干文艺的人，只要在文艺上有所获得，便是获得了生命中最善的努力与成就，虽死不怨。

我希望还能再活二十年。这二十年中须再写出像点样子的十本或十多本作品。这些作品将是在写完以后，约请文友详加批评，而后细细修改；而后再评再改，直到大家与我都满意了才去付印。有今日的欣喜，我相信这对来日的希冀不是个梦想。

三、我的态度：从家里跑出来，是为作一点有助于抗战的事。能作多少，作得好坏，都是才力的问题；我晓得自己的才薄力微，但求不变此心，不问收获多寡。四年来，我已没有了私生活；这使我苦痛，可也使我更努力作事；我不怕被称为无才无能，而怕被识为苟且敷衍。被苦痛所压倒是软弱，软弱到相当的程度便会自暴自弃；这，非我所甘心。我永远不会成为英雄，只求有几分英雄气概；至少须消极的把受苦视为当然，而后用事实表现一点积极的向上精神。

有了此态度；我要作什么就极容易决定了。我所要作的必是我所能作的；我能写点小说之类的东西；那么，写作便是我的无容犹豫的工作。同时，妨碍写作的事也必须避免。作编辑，专心去看别人的文字，便没有时间写自己的，我不干。作教员，即使可以不管误人子弟与否，一面教书，一面写书，总不会是相得益彰的事，我不干。作官，公事房大概不是什么理想的写作的地方，我不干。削去这些枝节，即使本干还是很单细，但总有可以渐次坚实起来的希望；这个希望我抱定了笔与纸不放手。

幸而我的家眷没有跟着我！假若他们是在我的身边，我虽终日不舍纸笔，恐怕为了油盐酱醋，也要耽搁许多时间，耗费许多精神。说不定，还许为了煤米柴炭去作编辑，教员，或小官。我感激我的妻！

在抗战前，正如在抗战后，我的志愿不大——只求就我所能作的作出一点事来。抗战后之所以异于抗战前者，就是抗战前生活有规律，抗战后生活较比的散漫。生活的没有严整的秩序，影响到我的工作；可是，生活的简单使我心中清楚，虽然感到小小的苦恼，而不至于使我悲观与灰心。同时，

我所能作到的，总愿多作出来一些；不能作的我决不轻举妄动。这样，我可以在一方面像耕牛似的慢慢的犁着田，在另一方面我抱定不随便生气动怒的主意。假若我被人骂了一顿，我必检讨自己一番；骂得对呢，我须接受；骂得不对，便一笑置之。无论如何，我不还口。以骂还骂，有时候或者是必要的，但是我不愿这样作。因为我所能作的是写一点小说剧本之类的东西，而骂人并不能与小说剧本相并列，所以即使我会骂人，我也不想开口。我未必能把小说剧本等写得很好，可是我准知道即使骂人骂得极俏皮厉害，也不能代替我那不很好的小说与剧本。因此，假若今天在某刊物或报纸上有骂我的文字，而明天那个刊物或报纸来教我写文章，我还是毫不迟疑的给它写；后来，它又骂了；大后天，再教我写，我还是毫不迟疑的去写。我写不出很好的文章来，但是我总求它有一点文艺性，这才能由学习而逐渐获得一点好的经验。世界上有很好的骂人文字，永垂不朽，但是，并不很多。我没有骂人的天才，所以写诟骂的文字不见得是上算的事；假若我的一本小说可以传到十年百年，我的一篇骂人的短文也不过只能快意一时而已。我想证明在今天有几个能写骂人文字的人，而且能永垂不朽，给我们的文艺增添一点光采。可是，这种文字极难写，非有极高的天才与识见不行。若是破口骂

作者：孙之儁。原载1934年9月13日《庸报》第8版。

骂别人，以增自己的威风，居心已愧，必定骂不出什么名堂，而只虚耗了纸笔，在抗战中（或在任何时期），实无可取！

表白自己或者是件讨厌的事。好了我不再多列条目。在第一条里，我说明了自己的苦痛何在，和怎样就可以克服这种苦痛——身体强的才能有充足的战斗力。第二条中，我道出自己的欣喜。这欣喜不是什么利益，而是好学习的心志遇到了可以学习的机会，足以使我更坚定的作个职业的写家，从今天直到入墓。第三条是第一、二两条的产物。我苦痛，就应设法坚强自己，以期继续的工作。我欣喜，就更当削减一切冗叶繁枝，使自己真能成为文艺之林中的一株有出息的小树。

这苦恼，这欣喜，与这由苦乐中决定的态度，是四年来生活的实录，不是空想。既是自己生活的实录，就不求别人来批评，因为我只觉得自己这么作是对的，并不希望别人也照方吃一剂。至于这些事实都与抗战有关与否，我觉得十分惭愧：我真愿为国家出力，作出一番轰轰烈烈的事业来，可是因才力所限，因一向没有显身扬名的宏愿，我仅能在文字上表现一点爱国的诚心。从各尽其力的道理来说，我总算没有偷闲偷懒；从报国救亡上来说，我只有惭愧！

原载1941年7月7日《大公报·战线》

病

有了施诊的医院，母亲便不大信神仙了，

因为上医院比请神仙省点钱

我是个“幺”儿子。母亲在生我的时候已四十二岁了。我还不到两岁，父亲即去世。母亲没有乳，只给我打一点面糊吃。父亲去世后，家更穷了，天天吃棒子面与咸菜。一直到十多岁，我老是多病，瘦弱得像一块不体面的皮糖。谁也想不到我能长大成人，我自己似乎也没有把握。

每逢病倒，母亲便请刘干妈来给我看看。刘干妈烧上高香，盘腿端坐炕上，然后打几个哈欠，神便附了她的体。神很和气，问长问短，然后不知怎样，便由手指间揉出一丸药来。吃了药，我有时候就好起来，有时候就不高兴好起来；但好与不好，总须送给神仙一吊钱。

夏天老生病，能够几天不吃东西——现在想起来，恐怕多半是饭太不好吃的缘故。

后来，有了施诊的医院，母亲便不大信神仙了，因为上医院比请神仙省点钱。卫生设施能减除迷信，不是吗？

九岁入私塾，十二岁入高等小学，小学毕业，本想去学手艺，可是我考中了师范学校。“师范”与“吃饭”差不多，既供给膳宿，且白给制服——要不是这样，我便绝对没有继续读书的希望。学校内有校医，治病方便，得以不死。

近来，又常生病，因想起童年的状况，也就照样的满不在乎！

原载1942年4月《妇女新运》第四卷第四期

我的母亲

失了慈母便像花插在瓶子里，虽然还有色

有香，却失去了根

母亲的娘家是在北平德胜门外，土城儿外边，通大钟寺的大路上的一个小村里。村里一共有四五家人家，都姓马。大家都种点不十分肥美的地，但是与我同辈的兄弟们，也有当兵的，做木匠的，做泥水匠的，和当巡警的。他们虽然是农家，却养不起牛马，人手不够的时候，妇女便也须下地作活。

对于姥姥家，我只知道上述的一点。外公外婆是什么样子，我就不知道了，因为他们早已去世。至于更远的族系与家史，就更不晓得了；穷人只能顾眼前的衣食，没有工夫谈论什么过去的光荣。“家谱”这字眼，我在幼年就根本没有

听说过。

母亲生在农家，所以勤俭诚实，身体也好。这一点事实却极重要，因为假若我没有这样的一位母亲，我之为我恐怕也就要大大的打个折扣了。

母亲出嫁大概是很早，因为我的大姐现在已是六十多岁的老太婆，而我的大外甥女还长我一岁啊。我有三个哥哥，四个姐姐，但能长大成人的，只有大姐，二姐，三姐，三哥与我。我是“老”儿子。生我的时候，母亲已有四十一岁，大姐二姐已都出了阁。

由大姐与二姐所嫁人的家庭来推断，在我生下之前，我的家里，大概还马马虎虎的过得去。那时候定婚讲究门当户对，而大姐丈是作小官的，二姐丈也开过一间酒馆，他们都是相当体面的人。

可是，我，我给家庭带来了不幸：我生下来，母亲晕过去半夜，才睁眼看见她的老儿子——感谢大姐，把我揣在怀中，致未冻死。

一岁半，我把父亲“克”死了。

兄不到十岁，三姐十二三岁，我才一岁半，全仗母亲独力抚养了。父亲的寡姐跟我们一块儿住，她吸鸦片，她喜摸纸牌，她的脾气极坏。为我们的衣食，母亲要给人家洗衣服，缝补或裁缝衣裳。在我的记忆中，她的手终年是鲜红微肿的。白天，她洗衣服，洗一两大绿瓦盆。她作事永远丝毫也不敷衍，就是屠户们送来的黑如铁的布袜，她也给洗得雪白。晚间，她与三姐抱着一盏油灯，还要缝补衣服，一直到半夜。她终年没有休息，可是在忙碌中她还把院子屋中收拾得清清爽爽。桌椅都是旧的，柜门的铜活久已残缺不全，可是她的手老使破桌面上没有尘土，残破的铜活发着光。院中，父亲遗留下的几盆石榴与夹竹桃，永远会得到应有的浇灌与爱护，年年夏天开许多花。

哥哥似乎没有同我玩耍过。有时候，他去读书；有时候，他去学徒；有时候，他也去卖花生或樱桃之类的小东西。母亲含着泪把他送走，不到两天，又含着泪接他回来。我不明白这都是什么事，而只觉得与他很生疏。与母亲相依为命的是我与三姐。因此，他们作事，我老在后面跟着。他们浇花，我也张罗着取水；他们扫地，我就撮土……从这里，我学得了爱花，爱清洁，守秩序。这些习惯至今还被我保存着。

有客人来，无论手中怎么窘，母亲也要设法弄一点东西去款待。舅父与表哥们往往是自己掏钱买酒肉食，这使她脸上羞得飞红，可是殷勤的给他们温酒作面，又给她一些喜悦。

遇上亲友家中有喜丧事，母亲必把大褂洗得干干净净，亲自去贺吊——份礼也许只是两吊小钱。到如今为我的好客的习性，还未全改，尽管生活是这么清苦，因为自幼儿看惯了的事情是不易改掉的。

姑母常闹脾气。她单在鸡蛋里找骨头。她是我家中的阎王。直到我入了中学，她才死去，我可是没有看见母亲反抗过。“没受过婆婆的气，还不受大姑子的吗？命当如此！”母亲在非解释一下不足以平服别人的时候，才这样说。是的，命当如此。母亲活到老，穷到老，辛苦到老，全是命当如此。她最会吃亏。给亲友邻居帮忙，她总跑在前面：她会给婴儿洗三——穷朋友们可以因此少花一笔“请姥姥”钱——她会刮痧，她会给孩子们剃头，她会给少妇们绞脸……凡是她能作的，都有求必应。但是吵嘴打架，永远没有她。她宁吃亏，不逗气。当姑母死去的时候，母亲似乎把一世的委屈都哭了出来，一直哭到坟地。不知道哪里来的一位侄子，声称有承继权，母亲便一声不响，教他搬走那些破桌子烂板凳，而且把姑母养的一只肥母鸡也送给他。

可是，母亲并不软弱。父亲死在庚子闹“拳”的那一年。联军入城，挨家搜索财物鸡鸭，我们被搜两次。母亲拉着哥哥与三姐坐在墙根，等着“鬼子”进门，街门是开着的。“鬼子”进门，一刺刀先把老黄狗刺死，而后入室搜索。他们走后，母亲把破衣箱搬起，才发现了我。假若箱子不空，我早就被压死了。皇上跑了，丈夫死了，“鬼子”来了，满城是血光火焰，可是母亲不怕，她要在刺刀下、饥荒中，保护着儿女。北平有多少变乱啊，有时候兵变了，街市整条的烧起，火团落在我们院中。有时候内战了，城门紧闭，铺店关门，昼夜响着枪炮。这惊恐，这紧张，再加上一家饮食的筹划，儿女安全的顾虑，岂是一个软弱的老寡妇所能受得起的？可是，在这种时候，母亲的心横起来，她不慌不哭，要从无办法中想出办法来。她的泪会往心中落！这点软而硬的个性，也传给了我。我对一切人与事，都取和平的态度，把吃亏看作当然的。但是，在作人上，我有一定的宗旨与基本的法则，什么事都可将就，而不能超过自己画好的界限。我怕见生人，怕办杂事，怕出头露面；但是到了非我去不可的时候，我便不敢不去，正像我的母亲。从私塾到小学，到中学，我经历过起码有二十位教师吧，其中有给我很大影响的，也有毫无影响的，但是我的真正的教师，把性格传给我的，是我的母亲。母亲并不识字，她给我的是生命的教育。

当我在小学毕了业的时候，亲友一致地愿意我去学手艺，好帮助母亲。我晓得我应当去找饭吃，以减轻母亲的勤劳困

苦。可是，我也愿意升学。我偷偷的考入了师范学校——制服，饭食，书籍，宿处，都由学校供给。只有这样，我才敢对母亲说升学的话。入学，要交十圆的保证金。这是一笔巨款！母亲作了半个月的难，把这巨款筹到，而后含泪把我送出门去。她不辞劳苦，只要儿子有出息。当我由师范毕业，而被派为小学校校长，母亲与我都一夜不曾合眼。我只说了句：“以后，您可以歇一歇了！”她的回答只有一串串的眼泪。我入学之后，三姐结了婚。母亲对儿女是都一样疼爱的，但是假若她也有点偏爱的话，她应当偏爱三姐，因为自父亲死后，家中一切的事情都是母亲和三姐共同撑持的。三姐是母亲的右手。但是母亲知道这右手必须割去，她不能为自己的便利而耽误了女儿的青春。当花轿来到我们的破门外的时候，母亲的手就和冰一样的凉，脸上没有血色——那是阴历四月，天气很暖。大家都怕她晕过去。可是，她挣扎着，咬着嘴唇，手扶着门框，看花轿徐徐的走去。不久，姑母死了。三姐已出嫁，哥哥不在家，我又住学校，家中只剩母亲自己。她还须自晓至晚的操作，可是终日没人和她说一句话。新年到了，正赶上政府倡用阳历，不许过旧年。除夕，我请了两小时的假，由拥挤不堪的街市回到清炉冷灶的家中。母亲笑了。及至听说我还须回校，她楞住了。半天，她才叹出一口气来。

到我该走的时候，她递给我一些花生，“去吧，小子！”街上是那么热闹，我却什么也没看见，泪遮迷了我的眼。今天，泪又遮住了我的眼，又想起当日孤独的过那凄惨的除夕的慈母。可是慈母不会再候盼着我了，她已入了土！

儿女的生命是不依顺着父母所设下的轨道一直前进的，所以老人总免不了伤心。我二十三岁，母亲要我结了婚，我不要。我请来三姐给我说情，老母含泪点了头。我爱母亲，但是我给了她最大的打击。时代使我成为逆子。二十七岁，我上了英国。为了自己，我给六十多岁的老母以第二次打击。在她七十大寿的那一天，我还远在异域。那天，据姐姐们后来告诉我，老太太只喝了两口酒，很早的便睡下。她想念她的幼子，而不便说出来。

“七七”抗战后，我由济南逃出来。北平又像庚子那年似的被鬼子占据了。可是母亲日夜惦念的幼子却跑西南来。母亲怎样想念我，我可以想像得到，可是我不能回去。每逢接到家信，我总不敢马上拆看，我怕，怕，怕，怕有那不祥的消息。人，即使活到八九十岁，有母亲便可以多少还有点孩子气。失了慈母便像花插在瓶子里，虽然还有色有香，却失去了根。有母亲的人，心里是安定的。我怕，怕，怕家信中带来不好的消息，告诉我已是失了根的花草。

去年一年，我在家信中找不到关于老母的起居情况。我疑虑，害怕。我想像得到，若有不幸，家中念我流亡孤苦，或不忍相告。母亲的生日是在九月，我在八月半写去祝寿的信，算计着会在寿日之前到达。信中嘱咐千万把寿日的详情写来，使我不再疑虑。十二月二十六日，由文化劳军的大会上回来，我接到家信。我不敢拆读，就寝前，我拆开信，母亲已去世一年了！

生命是母亲给我的。我之能长大成人，是母亲的血汗灌养的。我之能成为一个不十分坏的人，是母亲感化的。我的性格，习惯，是母亲传给的。她一世未曾享过一天福，临死还吃的是粗粮。唉！还说什么呢？心痛！心痛！

原载1943年1月13日、15日《时事新报・青光》

四大皆空

大家的一切东西都被劫一空，连校园内的青草也被敌马啃光了

从收入上说，我的黄金时代是当我在青岛教书的时候。那时节，有月薪好拿，还有稿费与版税作为“外找”，所以我每月能余出一点钱来放在银行里，给小孩们预备下教育费。我自己还保了寿险，以便一口气接不上来，子女们不致马上挨饿。此外，每月我还能买几十元的书籍与杂志。这点点未能免俗的办法，使我在妻小面前显出得意，因为人家往往爱说文人们都吊儿郎当，有了钱不干正经事；我这样为子女储金，自己还保寿险，大概可以堵住他们的嘴吧？

七七事变以后，我由青岛迁往济南齐鲁大学。书籍，我舍不得扔，故只把四大筐杂志卖掉，以减轻累赘。四大筐啊，

卖了四十个铜板！书籍、火炉、小孩子的卧车和我的全份的刀枪剑戟，全部扔掉。幸而铁路局中有我的朋友，算是把重要的家具与书籍全由青岛运了出来。

当我由济南逃出来的时候，我的家小依然留在齐大。在我起身之前，我把书籍、字画，全打了箱，存在齐大图书馆里。后来，妻子离开济南，又将全部家具寄存在齐大，只带走一些随时穿用的衣服。

据内人来信说，儿女们的教育储金已全数等于零，因为她不屑于把它换成伪币。我的寿险，因为公司是美国人开的，在美日宣战后停业，只退还九百元法币。

这次我到成都，见到齐大的老友们。他们说：齐大在济南的校舍已完全被敌人占据，大家的一切东西都被劫一空，连校园内的青草也被敌马啃光了。

好，除了我、妻、儿女，五条命以外，什么也没有了！而这五条命能否有足够维持的衣食，不至于饿死，还不敢肯定的说。她们的命短呢，她们死；我该归阴呢，我死。反正不能因为穷困死亡而失了气节！因爱国，因爱气节，而稍微狠点心，恐怕是有可原谅的吧？

器物金钱算得了什么呢！将来再买再挣就是了！噢，恐怕经了这次教训，就永不购置像样儿的东西，以免患得患失，

作者：孙之儁。原载1936年3月22日《晴雪》第4期。

也不会再攒钱，即使是子女的教育费。我想，在抗战胜利以后，有了钱便去旅行，多认识认识国内的名山大川，或者比买了东西更有意义。至于书籍，虽然是最喜爱的东西，也不应再自己收藏，而是理应放在公众图书馆里的。

这次的损失中，说来颇觉可笑，使我连日感到不快者，倒是历年所积藏的一些字画。我喜爱字画，但是没有花到一个钱去买过。在我的“收藏”里，没有苏东坡或王石谷。我是重感情的人，我所保存的字画都是师友们的手迹。其中，有的是字不高明，画不成样，但是写字作画的人是我的朋友，所以我就珍藏着它们。在字画本身而外，它们都有些人的关系与历史在里边，使我看见字画也就想起人来，而另有一番滋味。有的呢，是字好画好，而且又出于师友之手，就分外觉得可贵。这些，唉，也都丢失了！其中最使我念念不忘的是方唯一先生给我们写的一副对。方先生的字与文的造诣都极深，我十六七岁练习古文旧诗受益于他老先生者最大。这一副对子是他临死以前给我写的，用笔运墨之妙，可以算他老人家的杰作。在战前，无论我在哪里住家，我总把它悬在最显眼的地方。我还记得它的文字：“四世传经是谓通德，一门训善惟以永年”。方先生死去已经十年左右了，我再到哪里去求他的字呢！？其次，是松小梦的一张山水。松小梦是清末北方的一位小名家，在山东作过知县。这张画也是用稿纸画的，画得非常的雄浑。济南有位关松坪先生，是我的好友，也是松小梦的再传弟子。关先生在抗战的第二年去了世，这张画是由他配好了镜框赠给我的！松小梦的字画，在山东很容易得到；我伤心的倒是关先生的死去，我未能去吊祭，而他给我的纪念品又是这么马里马虎的丢掉，实在太对不起朋友了。此外，如颜伯龙——我最好的同学——的《牧豕图》，桑子中的油画《大明湖》，都是精美的作品，而且是结婚时他们送给的礼物，大概现在也都在济南的破货摊上堆着去了！

且莫伤心图书的遗失吧，要保存文化呀，必须打倒日本军阀！

原载1943年4月《文坛》第二卷第一期

过年

当医生握着表给我诊脉的时候，我总以为

他是默数我的死期

时间最狠毒，它不宽让给任何人一秒钟，过去的一秒永远难赎回。人，于是就因丧失了时间而丧失了生命！假若有一日，时间能下一道赦令，说："可怜的人们，我将放你们几天假！在这几天内，时钟的报告，与日月的升沉，都不算数！你们可以自由的，任意的欢闹或酣睡，我把这几天不算在账上！"这有多么好呢！在这几天内，我们花用了时间，而时间并不给我们记账！这几天永不会成为过去，我们不必提心吊胆的活着，眼睛不必再老瞄着时钟与日影！

可是，时间永远不会下那样的赦令！昨天的朝阳永远属于昨天！昨天积得够了数，我们便没有了明天！当医生握着表给我诊脉的时候，我总以为他是默数我的死期！

特别是在新年的时候，虽然吉利话儿在耳边嗡嗡，而实际上我们又丢了一岁；在丢去的一岁里，我们曾经作过什么足以使记忆甜美的事呢？新年，这么一来，虽然也许就使我们把狂欢变作沉思，可是沉思并不是很坏的事。时间向我们算账，我们也须向自己算账！只有自己和自己算账，我们才算真会打算盘。我们没法向时间求情，它是铁面无私，对谁也不让一尺一寸的；我们须向时间争斗，教时间不偷偷的溜过去；我们无法教一分钟变成两分钟，但是我们的确能够把一分钟当成一分钟用；多作了一分钟的事情，我们便真的多活了一分钟；这是如意算盘！最大的后悔是让昨天白白的过去：我们又丢了二十四小时，而那二十四小时是一块空白！假如我们有许多块这样的空白，我们便没有了历史。历史不只是时间表，而且也是生命活动的记录。

“等候”等于自杀，我们等着机会、灵感、事情，而时间不等着我们！多等一会儿，我们便死了一会儿。勇敢的人不等待，而要跑到时间的前面去。我们等着太平日子自天而降，我们便只能得到失望。

以一个中年人来说这些话，我相信没有人怀疑我是有意吓唬人。中年的下一步是老年；我不知道自己还能再活多少年月，但我的确知道自己已经丢失了多少时间；我不能说自

己的过去是块空白，因为我写上过一些书；可是我也绝对不能否认，我曾在无益处的小事上白白的掷去了光阴，教我没有能够写出更多的东西来。我后悔？一定！但是，后悔只是一种可怜相的自慰自谅，假若没有更积极的决定伴着，我想：我须至少不因为过去的努力而自满，把自己埋葬在回忆里；我须把今天看作今天，而不是昨日的附属品，今天的劳动是我的光荣；口上显摆自己昨日的成绩是耻辱。况且，昨日的成绩未必好，自满便是自弃。只有今天的努力，才足以增加光荣，假若昨天的成绩已经不坏；只有今天的努力，才足以雪刷昨天的耻辱，假若昨日的成绩欠佳。

让我们都把自己钉在时间的十字架上吧！我们都必须死，但愿我们的死是未曾放弃了一分钟的牺牲，而不是任着时间由一个空白中把我们推送到另一个空白中去！

新年又来了！我可是真不愿说那些骗人的吉利话儿！反之，我倒愿意咱们都沉思一会儿，想想在过去的一年中都作了些什么，和作得好不好？假若我们能在过年的时候责备自己一顿，或者倒比理直气壮的接受吉利话儿要更有益处罢！我们若不肯责备自己，时间却会给我们最厉害的惩责，它会教我们白白的死去！我们看不起时间，时间就会更看不起我们！

原载1944年1月5日重庆《时事新报》

文牛

戒烟就是自己跟自己摔跤。整天的摔跤还怎能写字呢？

干哪一行的总抱怨哪一行不好。在这个年月能在银行里，大小有个事儿，总该满意了，可是我的在银行作事的朋友们，当和我闲谈起来，没有一个不觉得怪委屈的。真的，我几乎没有见过一个满意、夸赞他的职业的。我想，世界上也许有几位满意于他们的职业的人，而这几位人必定是英雄好汉。拿破仑、牛顿、爱因司坦、罗斯福，大概都不抱怨他们的行业“没意思”。虽然不自居拿破仑与牛顿，我自己可是一向满意我的职业。我的职业多么自由啊！我用不着天天按时候上课或上公事房，我不必等七天才到星期日；只要我愿意，我可连着有一个星期的星期日！

作者：孙之儁。原载1928年5月19日《大公报》第10版。

我的资本很小，纸笔墨砚而已。我的生活可以按照自己的意思安排，白天睡，夜里醒着也好，昼夜都不睡也可以；一日三餐也好，八餐也好！反正我是在我自己的屋里操作，别人也不能敲门进来，禁止我把脚放在桌子上。专凭这一点自由，我就不能不满意我的职业。况且，写得好吧歹吧，大致都能卖出去，喝粥不成问题，倒也逍遥自在；虽然因此而把妒忌我的先生们鼻子气歪，我也没法子代他们去搬正！

可是，在近几个月来，也不知怎么我也失去了自信，而时时不满意我的职业了。这是吉是凶，且不去管，我只觉得“不大是味儿！”心里很不好过！

我的职业是“写”。只要能写，就万事亨通，可是，近来我写不上来了！问题严重得很，我不晓得生了娃娃而没有奶的母亲怎样痛苦，我可是晓得我比她还更痛苦。没有奶，她可以雇乳娘，或买代乳粉，我没有这些便利。写不出就是写不出，找不到代替品与代替的人。

天天能写一点，确实能觉得很自由自在，赶到了一点也写不出的时节呀，哈哈，你便变成世界上最痛苦的人！你的自由，闲在，正是对你的刑罚；你一分钟一分钟无结果的度过，也就每一分钟都如坐针毡！你不但失去工作与报酬，你简直失去了你自己！

一夏天除了阴雨，我的卧室兼客厅兼饭堂兼浴室兼书房的书房，热得老像一只大火炉。夜间一点钟以后，我才能勉强的进去睡。睡不到四个小时，我就必须起来，好乘早凉儿工作一会儿；一过午，屋内即又成烤炉。一夏天，我没有睡足。睡不足，写的也就不多，一拿笔就觉得困啊。我很着急，但是想不出办法，缙云山上必定凉快，谁去得起呢！

入秋，我本想要“好好”的工作一番，可是天又霉，纸烟的价钱好像疯了似的往上涨。只好戒烟。我曾经声明过：“先上吊，后戒烟！”以示至死不戒烟的决心。现在，自己打了嘴巴。最坏的烟卖到一百元一包（二十枝；我一天须吸三十枝），我没法不先戒烟，以延缓上吊之期了；人都惜命呀！没有烟，我只会流汗，一个字也写不出！戒烟就是自己跟自己摔跤。整天的摔跤还怎能写字呢？半个月，没写出一个字！

烟瘾稍杀，又打摆子，本来贫血，摆子使血更贫。于是，头又昏起来。不留神，猛一抬头，或猛一低头，眼前就黑那么一下，老使人有“又要停电”之感，每天早上，总盼着头不大昏，幸而真的比较清爽，我就赶快的高高兴兴去研墨，期望今天一下子能写出两三千字来。墨研好了，笔也拿在手中，也不知怎么的，头中轰的一下，生命成了空白，什么也没有了，除了一点轻微的嗡嗡的响声。这一阵好容易过去了，脑中开始抽着疼，心中烦躁得要狂喊几声！只好把笔放下——文人缴械！一天如此，两天如此，忍心的、耐性的、敷衍自己："明天会好些的！"第三天还是如此，我开始觉得："我完了！"放下笔，我不会干别的！是的，我晓得我应当休息，并且应当吃点补血的东西——豆腐、猪肝、猪脑、菠菜、红萝卜等。但是，这年月谁休息得起呢？紧写慢写还写不出香烟钱怎敢休息呢？至于补品，猪肝岂是好惹的东西，而豆腐又一见双眉紧皱，就是菠菜也不便宜啊！如此说来，理应赶快服点药，使身体从速好起来，可是西药贵如金，而中药又无特效。怎办呢？到了这般地步，我不能不后悔当初为什么单单选择这一门职业了！唱须生的倒了嗓子，唱花旦的损了面容，大概都会明白我的苦痛：这苦痛是来自希望与失望的相触，天天希望，天天失望，而生命就那么一天天的白白的摆过去，摆向绝望与毁灭！

最痛苦是接到朋友征稿的函信的时节。

朋友不仅拿你当作个友人，而且是认为你是会写点什么的人。可是，你须向友人们道歉；你还是你，你也已经不是你——你已不能够作了！

吃的是草，挤出的是牛奶；可是，文人的身体并不和牛

一样壮，怎办呢?

青年朋友们，假使你没有变成一头牛的把握，请不要干我这一行事吧；当你写不出字来的时候，你比谁的苦痛都更大！我是永不怨天尤人的人，今天我只后悔自己选错了职业——完全是我自己的事，与别人毫不相干。我后悔作了写家的正如我后悔“没”作生意，或税吏一样；假若我起初就作着囤积居奇，与暗中拿钱的事，我现在岂不正兴高采烈的自庆前程远大么？啊，青年朋友们，假使你健壮如牛，也还要细想一想再决定吧，即在此处，牛恐怕是永远没有希望的动物，管你，和我一样的，不怨天尤人。

原载1944年11月《华声》第一卷第一期

第二篇

小说版

他躲开了许多钉子，可是也躲开了伟大

柳屯的

他们的意见并没引起多大的注意——太带洋味儿

要计算我们村里的人们，在头几个手指上你总得数到夏家，不管你对这一家子的感情怎么样。夏家有三百来亩地，这就足以说明了一大些，即使承认我们的村子不算是很小。

夏老者在庚子年前就信教。要说他借着信教去横行霸道，真是屈心的话；拿这个去得些小便宜，那倒有之。他的儿子夏廉也信教。

他们有三百来亩地，这倒比信教不信教还要紧：不过，他们父子决不肯抛弃了宗教，正如不肯舍割一两亩地。假如他们光信教而没有这些产业，大概偶尔到乡间巡视的洋牧师决不会特意的记住他们的姓名。事实上他们是有三百来亩地，

而且信教，这便有了文章。

我说过了，他们不横行霸道；可是他们的心里颇有个数儿。要说为村里的公益事儿拿个块儿八毛的，夏家父子的钱袋好像天衣似的，没有缝儿。“我们信教，不开发这个。”信教的利益，这还是消极的，在这里等着你呢。全村里的人没有愿公然说他们父子刻薄的，可也没有人捧场夸奖他们厚道。他们不跳出圈去欺侮人，人们也不敢无故的找寻他们，彼此敬而远之。不过，有的时候，人们还非去找夏家父子不可；这可就没的可说了。周瑜打黄盖，愿打愿挨。“知道我们厉害呀，别找上门来！事情是事情！”他们父子虽不这么明说，可确是这么股子劲。无论买什么，他们总比别人少花点；但是现钱交易，一手递钱，一手交货，他们管这个叫作教友派儿。至于偶尔被人家捉了大头，就是说明了“概不退换”，也得退换；教友派儿在这种关节上更露出些力量。没人敢惹他们，而他们又的确不是刺儿头——从远处看。找上门来挨刺，他们父子实在有些无形的硬翎儿。

要是由外表上看，他们离着精明还远得很呢。夏老者身上最出色的是一对罗圈腿。成天拐拉拐拉的出来进去，出来进去，好像失落了点东西，找了六十多年还没有找着。被罗圈腿闹得身量也显着特别的矮，虽然努力挺着胸口也不怎么尊严。头也不大，眉毛比胡子似乎还长，因此那几根胡子老像怪委屈的。红眼边；眼珠不是黄的，也不是黑的，更说不上是蓝的，就那么灰不拉的，瘪瘪着；看人的时候永远拿鼻子尖瞄准儿，小尖下巴颏也随着跷起来。夏廉比父亲休面些，个子也高些。长脸，笑的时候仿佛都不愿脸上的肉动一动。眼睛老望着远处，似乎心中永远有点什么问题，他最会发楞。父亲要像个小颠蒜，儿子就像个楞青辣椒。

我和夏廉小时候同过学。我不知道他们父子的志愿是什么，他们不和别人谈心，嘴能像实心的核桃那么严。可是我晓得他们的产业越来越多。我也晓得，凡是他们要干的，哪怕是经过三年五载，最后必达到目的。在我的记忆中，他们似乎没有失败过。他们会等：一回不行，再等；还不行，再等！坚忍战败了光阴，精明会抓住机会，往好里说，他们确是有可佩服的地方。很有几个人，因为看夏家这样一帆风顺，也信了教；他们以为夏家所信的神必是真灵验。这个想法的对不对是另一问题，夏家父子的成功是事实。

他们父子可并非没遇过困难，也并非不怕遇上困难，但是当患难临头，他们不惜力：父亲拐拉着腿，儿子板死了脸，干！过蝗虫，他们和蝗虫开仗；下腻虫，和腻虫宣战。方法好不好的，先干点什么再说。唱野台戏谢龙王或虫神，他们

连一个小钱也不拿："我们信教，不开发这个。"

或者不仅是我一个人有时候这么想：他们父子是不是有朝一日也会失败呢？以我自己说，这不是出于忌妒，我并无意看他们的哈哈笑；这是一种好奇的推测。我总以为人究竟不能胜过一切，谁也得有消化不了的东西。拿人类全体说，我愿意，希望，咱们能战胜一切，就个人说，我不这么希望，也没有这种信仰。拿破仑碰了钉子，也该碰。

在思想上，我相信这个看法是不错的。不错，我是因看见夏家父子而想起这个来，但这并不是对他们的诅咒。

谁知道这竟自像诅咒呢！我不喜欢他们的为人，真的；可也没想到他们果然会失败。我并不是看见苍蝇落在胶上，便又可怜它了，不是；他们的失败实在太难堪了，太奇怪了；这件"事"使我的感情与理智分道而驰了。

前五年吧，我离开了家乡一些日子。等到回家的时候，我便听说许多关于——也不大利于——我的老同学的话。把这些话凑在一处，合成这么一句：夏廉在柳屯——离我们那里六里多地的一个小村子——弄了个"人儿"。

这种事要是搁在别人的身上，原来并没什么了不得的。夏廉，不行。第一，他是教友；打算弄人儿就得出教。据我们村里的人看，无论是在白莲教，耶稣教，自要一出教就得倒运。自然，夏廉要倒运，正是一些人所希望的，所以大家的耳朵都竖起来，心中也微微有点跳。至于以教会的观点看这件事的合理与否的，也有几位，可是他们的意见并没引起多大的注意——太带洋味儿。

第二，夏廉，夏廉！居然弄人儿！把信教不信教放在一边，单说这个“人”，他会弄人儿，太阳确是可以打西边出来了，也许就是明天早晨！

夏家已有三辈是独传。夏廉有三个女儿，一个儿子。这个儿子活到十岁上就死了。夏嫂身体很弱，不见得再能生养。三辈子独传，到这儿眼看要断根！这个事实是大家知道的，可是大家并不因此而使夏廉舒舒服服的弄人儿，他的人缘正站在“好”的反面儿。

“断根也不能动洋钱”，谁看见那个楞辣椒也得这么想，这自然也是大家所以这样惊异的原因。弄人儿，他？他！

还有呢，他要是讨个小老婆，为是生儿子，大家也不会这么见神见鬼的。他是在柳屯搭上了个娘们。“怪不得他老往远处看呢，柳屯！”大家笑着嘀咕，笑得好像都不愿费力气，只到嗓子那溜儿，把未完的那些意思交给眼睛挤咕出来。

除了夏廉自己明白他自己，别人都不过是瞎猜；他的嘴比蛤蜊还紧。可是比较的，我还算是他的熟人，自幼儿的同学。我不敢说是明白他，不过讲猜测的话，我或者能猜个八九不离十。拿他那点宗教说，大概除了他愿意偶尔有个洋牧师到家里坐一坐，和洋牧师喜欢教会里有几家基本教友，别无作用。他当义和拳或教友恐怕没有多少分别。上帝有一位还是有十位，对于他，完全没关系。牧师讲道他便听着，听完博爱他并不少占便宜。可是他愿作教友。他没有朋友，所以要有个地方去——教会正是个好地方。“你们不理我呀，我还不爱交接你们呢；我自有地方去，我是教友！”这好像明明的在他那长脸上写着呢。

他不能公然的娶小老婆，他不愿出教。可是没儿子又是了不得的事。他想偷偷的解决了这个问题。搭上个娘们，等到有了儿子再说。夏老者当然不反对，祖父盼孙子自有比父亲盼儿子还盼得厉害的。教会呢，洋牧师不时常来，而本村的牧师还不就是那么一回事。上帝本是洋人带过来的。反正没晴天大日头的用敞车往家里拉人，就不算是有意犯教规，大家闭闭眼，事情还有过不去的？

至于图省钱，那倒未必。搭人儿不见得比娶小省钱。为得儿子，他这一回总算下了决心，不能不咬咬牙。“教友”虽不是官衔，却自有作用，而儿子又是必不可少的，闭了眼啦，花点钱！

这是我的猜测，未免有点刻薄，我知道；但是不见得比别人的更刻薄。至于正确的程度，我相信我的是最优等。

在家没住了几天，我又到外边去了两个月。到年底下我回家来过年，夏家的事已发展到相当的地步：夏廉已经自动的脱离教会，那个柳屯的人儿已接到家里来。我真没想到这事儿会来得这么快。但是我无须打听，便能猜着：村里人的嘴要是都咬住一个地方，不过三天就能把长城咬塌了一大块。柳屯那位娘们一定是被大家给咬出来了，好像猎狗掘兔子窝似的，非扒到底儿不拉倒。他们死咬一口，教会便不肯再装聋卖傻，于是……这个，我猜对了。

可是，我还有不知道的。我遇见了夏老者。他的红眼边底下有些笑纹，这是不多见的。那几根怪委屈的胡子直微微的动，似乎是要和我谈一谈。我明白了：村里人们的嘴现在都咬着夏家，连夏老头子也有点撑不住了；他也想为自己辩护几句。我是刚由外边回来的，好像是个第三者，他正好和我诉诉委屈。好吧，蛤蜊张了嘴，不容易的事，我不便错过这个机会。

他的话是一派的夸奖那个娘们，他很巧妙的管她叫作“柳屯的”。这个老家伙有两下子，我心里说。他不为这件“事”辩护，而替她在村子里开道儿。村儿里的事一向是这

样：有几个人向左看，哪怕是原来大家都脸朝右呢，便慢慢的能把大家都引到左边来。她既是来了，就得设法叫她算个数；这老头子给她砸地基呢。“柳屯的”不卑不亢的，简直的有些诗味！

“太好了，‘柳屯的’！”他的红眼边忙着眨巴。“比大嫂强多了，真泼辣！能洗能作，见了人那份和气，公是公，婆是婆！多费一口子的粮食，可是咱们白用一个人呢！大嫂老有病，横草不动，竖草不拿；‘柳屯的’什么都拿得起来！所以我就对廉儿说了，”老头子抬着下巴颏看准了我的眼睛，我知道他是要给儿子掩饰了：“我就说了，廉儿呀，把她接来吧，咱们‘要’这么一把手！”说完，他向我眨巴眼，红眼边一劲的动，看看好像是孙猴子的父亲。他是等着我的意见呢。

“那就很好，”我只说了这么一句四面不靠边的。

“实在是神的意思！”他点头赞叹着。“你得来看看她；看见她，你就明白了。”

“好吧，大叔，明儿个去给你老拜年。”真的，我想看看这位柳屯的贤妇。

第二天我到夏家去拜年，看见了“柳屯的”。

她有多大岁数，我说不清，也许三十，也许三十五，也许四十。大概说她在四十五以下准保没错。我心里笑开了，好劲个“人儿”！高高的身量，长长的脸，脸上擦了一斤来的白粉，可是并不见得十分白；鬓角和眉毛都用墨刷得非常整齐：好像新砌的墙，白的地方还没全干，可是黑的地方真黑真齐。眼睛向外努着，故意的慢慢眨巴眼皮，恐怕碰了眼珠似的。头上不少的黄发，也用墨刷过，可是刷得不十分成功；戴着朵红石榴花。一身新蓝洋缎棉袄棉裤，腋下搭拉着一块粉洋纱手绢。大红新鞋，至多也不过一尺来的长。

我简直的没话可说，心里头一劲的要笑，又有点堵得慌。

“柳屯的”倒有的说。她好像也和我同过学，有模有样的问我这个那个的。从她的话里我看出来，她对于我家和村里的事知道得很透彻。她的眼皮慢慢那么向我眨巴了几下，似乎已连我每天吃几个馍馍都看了去！她的嘴可是甜甘，一边张罗客人的茶水，一边说；一边说着，一边用眼角儿扫着家里的人；该叫什么的便先叫出来，而后说话，叫得都那么怪震心的。夏老者的红眼边上有点湿润，夏老太太——一个瘪嘴弯腰的小老太太——的眼睛随着“柳屯的”转；一声爸爸一声妈，大概给二位老者已叫迷糊了。夏廉没在家。我想看看夏大嫂去，因为听说她还病着。夏家二位老人似乎没什么表示，可是眼睛都瞧着“柳屯的”，像是跟她要主意；大概他

们已承认：交际来往，规矩礼行这些事，他们没有“柳屯的”那样在行，所以得问她。她忙着就去开门，往西屋里让。陪着我走到窗前。便交待了声：“有人来了。”然后向我一笑，“屋里坐，我去看看水。”我独自进了西屋。

夏大嫂是全家里最老实可爱的人。她在炕上围着被子坐着呢。见了我，她似乎非常的喜欢。可是脸上还没笑利索，泪就落下来了：“牛儿叔！牛儿叔！”她叫了我两声。我们村里彼此称呼总是带着乳名的，孙子呼祖父也得挂上小名。她像是有许多的话，可是又不肯说，抹了抹泪，向窗外看了看，然后向屋外指了一下。我明白她的意思。

我问她的病状，她叹了口气：“活不长了；死了也不能放心！”那个娘们实在是夏嫂心里的一块病，我看出来。即使我承认夏嫂是免不掉忌妒，我也不能说她的忧虑是完全为自己，她是个最老实可爱的人。我和她似乎都看出来点危险来，那个娘们！

由西屋出来，我遇上了“她”，在上房的檐下站着呢。很亲热的赶过来，让我再坐一坐，我笑了笑，没回答出什么来。我知道这一笑使我和她结下仇。这个娘们眼里有活，她看清这一笑的意思，况且我是刚从西屋出来。出了大门，我吐了口气，舒畅了许多；在她的面前，我也不怎么觉着别扭。我曾经作过一个噩梦，梦见一个母老虎，脸上擦着铅粉。这个“柳屯的”又勾起这个噩梦所给的不快之感。我讨厌这个娘们，虽然我对她并没有丝毫地位的道德的成见。只是讨厌她，那一对努出的眼睛！

年节过去，我又离开了故乡，到次年的灯节回来。

似乎由我一进村口，我就听到一种唧唧喳喳的声音；在这声音当中包着的是“柳屯的”。我一进家门，大家急于报告的也是她。

在我定了定神之后，我记得已听见他们说：夏老头子的胡子已剩下很少，被“柳屯的”给扯去了多一半。夏老太太常给这个老婆跪着。夏大嫂已经分出去另过。夏廉的牙齿都被嘴巴扇了去……我怀疑我莫不是作梦呢！不是梦，因为我歇息了一会儿以后，他们继续的告诉我：“柳屯的”把夏家完全拿下去了。他们你一言我一语的争着说，我相信了这是真事，可是记不清他们说的都是什么了。

我一向不大信《醒世姻缘》中的故事；这个更离奇。我得亲眼去看看！眼见为真，不然我不能信这些话。

第二天，村里唱戏，早九点就开锣。我也随着家里的人去看热闹；其实我的眼睛专在找“她”。到了戏台的附近，台上已打了头通。台下的人已不少，除了本村的还有不少由外

村来的。因为地势与户口的关系，戏班老是先在我们这里驻脚。二通锣鼓又响了，我一眼看见了“她”。她还是穿着新年的漂亮衣服，脸上可没有擦粉——不像一小块新砌的墙了，可是颇似一大扇棒子面的饼子。乡下的戏台搭得并不矮，她抓住了台沿，只一悠便上去了。上了台，她一直扑过文场去，“打住！”她喝了一声。锣鼓立刻停了。我以为她是要票一出什么呢。《送亲演礼》，或是《探亲家》，她演，准保合适，据我想。不是，我没猜对，她转过身来，两步就走到台边，向台下的人一挥手。她的眼努得像一对小灯笼。说也奇怪，台下大众立刻鸦雀无声了。我的心凉了：在我离开家乡这一年的工夫，她已把全村治服了。她用的是什么方法，我还没去调查，但大家都不敢惹她确是真的。

“老街坊们！”她的眼珠努得特别的厉害，台根底下立着的小孩们，被她吓哭了两三个。“老街坊们！我娘们先给你们学学夏老王八的样儿！”她的腿圈起来，眼睛拿鼻尖作准星，向上半仰着脸，在台上拐拉了两个圈。台下居然有人哈哈的笑起来。

走完了场，她又在台边站定，眼睛整扫了一圈，开始骂夏老王八。她的话，我没法记录下来，我脑中记得的那些字绝对不够用的。况且在事实上，夏老头儿并不那样老与生殖器有密切的关系，像她所形容的。她足足骂了三刻钟，一句跟着一句，流畅而又雄厚。设若不是她的嗓子有点不跟劲，大概骂个两三点钟是可以保险的。可奇的是大家听着！

她下了台，戏就开了，观众们高高兴兴的看戏，好像刚才那一幕，也是在程序之中的。我的脑子里转开了圈，这是啥事儿呢？本来不想听戏，我就离开戏台，到“地”里去溜达。

走出不远，迎面松儿大爷撅撅着胡子走来了。

“听戏去，松儿大爷？新喜，多多发财！”我作了个揖。

“多多发财！”老头子打量了我一番。“听戏去？这个年头的戏！”

“听不听不吃劲！”我迎合着说。老人都有这宗脾气，什么也是老年间的好；其实松儿大爷站在台底下，未必不听得把饭也忘了吃。

“看怎么不吃劲了！”老头子点头咂嘴的说。

“松儿大爷，咱们爷儿俩找地方聊聊去，不比听戏强？城里头买来的烟卷！”我掏出盒“美丽”来，给了老头子一支，松儿大爷是村里的圣人，我这盒烟卷值金子，假如我想打听点有价值的消息；夏家的事，这会儿在我心中确是有些价值。怎会全村里就没有敢惹她的呢？这像块石头压着我的心。

把烟点着，松儿大爷带着响吸了两口，然后翻着眼想了想：“走吧，家里去！我有二百一包的，闷得酽酽的，咱们扯他半天，也不赖！”

随着松儿大爷到了家。除了松儿大娘，别人都听戏去了。给他们拜完了年，我就手也把大娘给撵出去：“大娘，听戏去，我们看家！”她把茶——真是二百一包的——给我们沏好，瘪着嘴听戏去了。

等松儿大爷审过了我——我挣多少钱，国家大事如何……我开始审他。

“松儿大爷，夏家的那个娘们是怎回事？”

老头子头上的筋跳起来，仿佛有谁猛孤丁的揍了他的嘴巴。“臭狗屎！提她？”拍的往地上唾了一口。

“可是没人敢惹她！”我用着激将法。

“新鞋不踩臭狗屎！”

我看出来村里有一部分人是不屑于理她，或者是因为不屑援助夏家父子。不踩臭狗屎的另一方面便是由着她的性反，所以我把“就没人敢出来管教管教她？”咽了回去，换上：“大概也有人以为她怪香的？”

“那还用说！一斗小米，一尺布，谁不向着她；夏家爷儿俩一辈子连个屁也不放在街上！”

这又对了，一部分人已经降了她。她肯用一斗小米二尺布收买人，而夏家父子舍不得个屁。

“教会呢？”

“他爷们栽了，挂洋味的全不理他们了！”

他们父子的地位完了，这里大概含着这么点意思，我想：有的人或者宁自答理她，也不同情于他们；她是他们父子的惩罚；洋神仙保佑他们父子发了财，现在中国神仙借着她给弄个底儿掉！也许有人还相信她会呼风唤雨呢！

“夏家现在怎样了呢？”我问。

“怎么样？”松儿大爷一气灌完一大碗浓茶，用手背擦了擦胡子：“怎么样？我给他们算定了，出不去三四年，全完！咱这可不是血口喷人，盼着人家倒霉，大年灯节的！你看，夏大嫂分出去了，这是半年前的事了。那时候，柳屯这个娘们一天到晚挑唆：啊，没病装病，死吃一口，谁受得了？三个丫头，哪个不是赔钱货！夏老头子的心活了，给了大嫂三十亩地，让她带着三个女儿去住西小院那三间小南屋。由那天起，夏廉没到西院去过一次。他的大女儿是九月出的门子，他们全都过去吃了三天，可是一个子儿没给大嫂。夏廉和他那个爸爸觉得这是个便宜——白吃儿媳妇三天！”

“大嫂的娘家自然帮助她些了？”我问。

“那是自然；可有一层，他们都擦着黑儿来，不敢叫柳屯的娘们看见。她在西墙那边老预备着个梯子，一天不定往西院瞭望多少回。没关系的人去看夏大嫂，墙头上有整车的村话打下来；有点关系的人，那更好了，那个娘们拿刀在门口堵着！”松儿大爷又唾了一口。

“没人敢惹她？”

松儿大爷摇了摇头。“夏大嫂是蛤蟆垫桌腿，死挨！”

“她死了，那个娘们好成为夏大嫂？”

“还用等她死了？现在谁敢不叫那个娘们‘大嫂’呢？‘二嫂’都不行！”

“松儿大爷你自己呢？”按说，我不应当这么挤兑这个老头子！

“我？”老头子似乎挂了劲，可是事实又叫他泄了气：“我不理她！”又似乎太泄气，所以补上：“多咱她找到我的头上来，叫她试试，她也得敢！我要跟夏老头子换换地方，你看她敢扯我的胡子不敢！夏老头子是自找不自在。她给他们出坏道儿，怎么占点便宜，他们听她的；这就完了。既听了她的，她就是老爷了！你听着，还有呢：她和他们不是把夏大嫂收拾了吗？不到一个月，临到夏老两口子了。她把他们也赶出去了。老两口子分了五十亩地，去住场院外那两间牛棚。

夏老头子可真急了，背起捎马子就要进城，告状去。他还没走出村儿去，她追了上来，一把扯回他来，左右开弓就是几个嘴巴子，跟着便把胡子扯下半边，临完给他下身两脚。夏老头子半个月没下地。现在，她住着上房，产业归她拿着，看吧！”

“她还能谋害夏廉？”我插进一句去。

“那，谁敢说怎样呢！反正有朝一日，夏家会连块土坯也落不下，不是都被她拿了去，就是因为她闹丢了。我不知道别的，我知道这家子要玩完！没见过这样的事，我快七十岁的人了！”

我们俩都半天没言语。后来还是我说了：“松儿大爷，他们老公母俩和夏大嫂不会联合起来跟她干吗？”

“那不就好了吗，我的傻大哥！”松儿大爷的眼睛挤出点不得已的笑意来。“那个老头子混蛋哪。她一面欺侮他，一面又教给他去欺侮夏大嫂。他不敢惹她，可是敢惹大嫂呢。她终年病病歪歪的，还不好欺侮。他要不是这样的人，怎能会落到这步田地？那个娘们算把他们爷俩的脉摸准了！夏廉也是这样呀，他以为父亲吃了亏，便是他自己的便宜。要不怎说没法办呢！”

“只苦了个老实的夏大嫂！”我低声的说。

“就苦了她！好人掉在狼窝里了！”

“我得看看夏大嫂去！”我好像是对自己说呢。

“乘早不必多那个事，我告诉你句好话！”他很“自己”的说。

“那个娘们敢卷我半句，我叫她滚着走！”我笑了笑。

松儿大爷想了会儿：“你叫她滚着走，又有什么好处呢？”

我没话可说。松儿大爷的哲理应当对“柳屯的”敢这样横行负一部分责任。同时，为个人计，这是我们村里最好的见解。谁也不去踩臭狗屎，可是狗屎便更臭起来；自然还有说它是香的人！

辞别了松儿大爷，我想看看大嫂去；我不能怕那个“柳屯的”，不管她怎么厉害——村里也许有人相信她会妖术邪法呢！但是，继而一想：假如我和她干起来，即使我大获全胜，对夏大嫂有什么好处呢？我是不常在家里的人；我离开家乡，她岂不因此而更加倍的欺侮夏大嫂？除非我有彻底的办法，还是不去为妙。

不久，我又出了外，也就把这件事忘了。

大概有三年我没回家，直到去年夏天才有机会回去休息一两个月。

到家那天，正赶上大雨之后。田中的玉米，高粱，谷子；

村内外的树，都绿得不能再绿。连树影，墙根上，全是绿的。在都市中过了三年，乍到了这种静绿的地方，好像是入了梦境；空气太新鲜了，确是压得我发困。我强打着精神，不好意思去睡，跟家里的人闲扯开了。扯来扯去，自然而然的扯到了“她”。我马上不困了，可是同时也觉出乡村里并非是一首绿的诗。在大家的报告中，最有趣的是“她”现在正传教！我一听说，我想到了个理由：她是要把以前夏家父子那点地位恢复了来，可是放在她自己身上。不过，不管理由不理由吧，这件事太滑稽了。“柳屯的”传教？谁传不了教，单等着她！

据他们说，那是这么回事：村里来了一拨子教徒，有中国人，也有外国人。这群人是相信祷告足以治病，而一认罪便可以被赦免的。这群人与本地的教会无关，而且本地的教友也不参加他们的活动。可是他们闹腾得挺欢：偷青的张二楞，醉鬼刘四，盗嫂的冯二头，还有“柳屯的”，全认了罪。据来的那俩洋人看，这是最大的功成，已经把张二楞们的像片——对了，还有时常骂街的宋寡妇也认了罪，纯粹因为白得一张像片；洋人带来个照相机——寄到外国去。奇迹！

这群人走了之后，“柳屯的”率领着刘四一干人等继续宣传福音，每天太阳压山的时候在夏家的场院讲道。

我得听听去！

有蹲着的，有坐着的，有立着的，夏家的场院上有二三十个人。我一眼看见了我家的长工赵五。

“你干吗来了？”我问他。

赵五的脸红了，迟迟顿顿的说：“不来不行！来过一次，第二次要是不来，她卷祖宗三代！”

我也就不必再往下问了。她是这村的“霸王”。

柳树尖上还留着点金黄的阳光，蝉在刚来的凉风里唱着，我正呆看着这些轻摆的柳树，忽然大家都立起来，“她”来了！她比三年前胖了些，身上没有什么打扮修饰，可是很利落。她的大脚走得轻而有力，努出的眼珠向平处看，好像全世界满属她管似的。她站住，眼珠不动，全身也全不动，只是嘴唇微张：“祷告！”大家全低下头。她并不闭眼，直着脖颈念念有词，仿佛是和神面对面的讲话呢。

正在这时候，夏廉轻手蹑脚的走来，立在她的后面，很虔敬的低下头，闭上眼。我没想到，他倒比从前胖了些。焉知我们以为难堪的，不是他的享受呢？猪八戒玩老雕，各好一路——我们村里很有些圣明的俗语儿。

她的祷告大略是：“愿上帝赶紧叫夏老头子一个跟头摔死。叫夏娘们一口气不来，堵死，叫夏娘们的大丫头让野汉子××。叫那个二丫头下窑子，三丫头半掩门……阿门！”

奇怪的是，没有一个人觉着这个可笑，或是可恶；大家一齐随着说“阿门”。莫非她真有妖术邪法？我真有点发糊涂！

我很想和夏廉谈一谈。可是“柳屯的”看着我呢——用她的眼角。夏廉是她的猫，狗，或是个什么别的玩艺。他也看见我了，只那么一眼，就又低下头去。他拿她当作屏风，在她后面，他觉得安全，虽然他的牙是被她打飞了的。我不十分明白他俩的真正关系，我只想起：从前村里有个看香的妇人，顶着白狐大仙。她有个“童儿”，才四十多岁。这个童儿和夏廉是一对儿，我想不起更好的比拟。这个老童儿随着白狐大仙的代表，整像耍猴子的身后随着的那个没有多少毛儿的羊。这个老童儿在晚上和白狐大仙的代表一个床上睡，所以他多少也有点仙气。夏廉现在似乎也有点仙气，他祷告的很虔诚。

我走开了，觉着“柳屯的”的眼随着我呢。

夏老者还在地里忙呢，我虽然看见他几次，始终没能谈一谈，他躲着我。他已不像样子了，红眼边好像要把夏天的太阳给比下去似的。可是他还是不惜力，仿佛他要把被“柳屯的”所夺去的都从地里面补出来，他拿着锄向地咬牙。

夏大嫂，据说，已病得快死了。她的二女儿也快出门子，

给的是个当兵的，大概是个排长，可是村里都说他是个军官。

我们村里的人，对于教会的人是敬而远之；对于“县”里的人是手段与敬畏并用；大家最怕的，真怕的，是兵。“柳屯的”大概也有点怕兵，虽然她不说。她现在自己是传教的；是乡绅，虽然没有“县”里的承认；也自己宣传她在县里有人。她有了乡间应有的一切势力（这是她自创的，她是个天才），只是没有兵。

对于夏二姑娘的许给一个“军官”，她认为这是夏大嫂诚心和她挑战。她要不马上剪除她们，必是个大患。她要是不动声色的置之不理，总会不久就有人看出她的弱点。赵五和我研究这回事来着。据赵五说，无论“柳屯的”怎样欺侮夏大嫂，村里是不会有人管的。阔点的人愿意看着夏家出丑，穷人全是“柳屯的”属下。不过，“柳屯的”至今还没动手，因为她对“兵”得思索一下。这几天她特别的虔诚，祷告的特别勤，赵五知道。云已布满，专等一声雷呢，仿佛是。

不久，雷响了。夏家二姑娘，在夏大嫂的三个女儿中算是最能干的。据“柳屯的”看，自然是最厉害的。有一天，三妞在门外买线，二妞在门内指导着——因为快出门子了，不好意思出来。这么个工夫，“柳屯的”也出来买线，三妞没买完就往里走，脸已变了颜色。二妞在门内说了一句：“买你的！”

“柳屯的”好像一个闪似的，就扑到门前：“我×你们夏家十三辈的祖宗！[1]”

二妞三妞全跑进去了，“柳屯的”在后面追。我正在不远的一棵柳树下坐着呢。我也赶到，生怕她把二妞的脸抓坏了。可是这个娘们敢情知道先干什么，她奔了夏大嫂去。两拳，夏大嫂就得没了命。她死了，“柳屯的”便名正言顺的是“大嫂”了；而后再从容的收拾二妞三妞。把她们卖了也没人管，夏老者是第一个不关心她们的，夏廉要不是为儿子还不弄来“柳屯的”呢，别人更提不到了。她已经进了屋门，我赶上了。在某种情形下，大概人人会掏点坏，我揪住了她，假意的劝解，可是我的眼睛尽了它们的责任。二妞明白我的眼睛，她上来了，三妞的胆子也壮起来。大概她们常梦到的快举就是这个，今天有我给助点胆儿，居然实现了。

我嘴里说着好的，手可是用足了力量；差点劲的男人还真弄不住她呢。正在这么个工夫，“柳屯的”改变了战略——好厉害的娘们！

“牛儿叔，我娘们不打架；”她笑着，头往下一低，拿出一些媚劲，“我吓着她们玩呢。小丫头子，有了婆婆家就这么扬气，搁着你的！”说完，她撩了我一眼，扭着腰儿走了。

1 以下略去 29 个字。

光棍不吃眼前亏，她真要被她们捶巴两下子，岂不把威风扫尽——她觉出我的手是有些力气。

不大会儿，夏廉来了。他的脸上很难看，他替她来管教女儿了，我心里说。我没理他。他瞪着二妞，可是说不出来什么，或者因为我在一旁，他不知怎样好了。二妞看着他，嘴动了几动，没说出什么来。又楞了会儿，她往前凑了凑，对准了他的脸就是一口，呸！他真急了，可是他还没动手，已经被我揪住。他跟我争巴了两下，不动了。看了我一眼，头低下去：“哎——”叹了口长气，“谁叫你们都不是小子呢！”这个人是完全被“柳屯的”拿住，而还想为自己辩护。他已经逃不出她的手，所以更恨她们——谁叫她们都不是男孩子呢！

二姑娘啐了爸爸一个满脸花，气是出了，可是反倒哭起来。

夏廉走到屋门口，又楞住了。他没法回去交差。又叹了口气，慢慢的走出去。

我把二妞劝住。她刚住声，东院那个娘们骂开了：“你个贼王八，兔小子，连你自己×出来的丫头都管不了。……”

我心中打开了鼓，万一我走后，她再回来呢？我不能走，我叫三妞把赵五喊来。叫赵五安置在那儿，我才敢回家。赵五自然是不敢惹她的，可是我并没叫他打前敌，他只是作会儿哨兵。

回到家中，我越想越不是滋味：我和她算是宣了战，她不能就这么完事。假如她结队前来挑战呢？打群架不是什么稀罕的事。完不了，她多少是栽了跟头。我不想打群架，哼，她未必不晓得这个！她在这几年里把什么都拿到手，除了有几家——我便是其中的一个——不肯理她，虽然也不肯故意得罪她；我得罪了她，这个娘们要是有机会，是满可以作个“女拿破仑”，她一定跟我完不了。设若她会写书，她必定会写出顶好的农村小说，她真明白一切乡人的心理。

果然不出我所料，当天的午后，她骑着匹黑驴，打着把雨伞——太阳毒得好像下火呢——由村子东头到西头，南头到北头，叫骂夏老王八，夏廉——贼兔子——和那两个小窑姐。她是骂给我听呢。她知道我必不肯把她拉下驴来揍一顿，那么，全村还是她的，没人出来拦她吗。

赵五头一个吃不住劲了，他要求我换个人去保护二妞。他并非有意激动我，他是真怕；可是我的火上来了：“赵五，你看我会揍她一顿不会？”

赵五眨巴了半天眼睛：“行啊；可是好男不跟女斗，是不是？”

可就是，怎能一个男子去打女人家呢！我还得另想高明主意。

夏大嫂的病越来越沉重。我的心又移到她这边来：先得叫二妞出门子，落了丧事可就不好办了，逃出一个是一个。那个“军官”是张店的人，离我们这儿有十二三里路。我派赵五去催他快娶——自然是得了夏大嫂的同意。赵五愿意走这个差，这个比给二妞保镖强多了。

我是这么想，假如二妞能被人家顺顺当当的娶了走，“柳屯的”便算又栽了个跟头——谁不知道她早就憋住和夏大嫂闹呢？好，夏大嫂的女婿越多，便越难收拾，况且这回是个“军官”！我也打定了主意，我要看着二妞上了轿。那个娘们敢闹，我揍她。好在她有个闹婚的罪名，我们便好上县里说去了。

据我们村里的人看，人的运气，无论谁，是有个年限的；没人能走一辈子好运，连关老爷还掉了脑袋呢。我和“柳屯的”那一幕，已经传遍了全村，我虽没说，可是三妞是有嘴有腿的。大家似乎都以为这是一种先兆——“柳屯的”要玩完。人们不敢惹她，所以愿意有个人敢惹她，看打擂是最有趣的。

“柳屯的”大概也扫听着这么点风声，所以加紧的打夏廉，作为一种间接的示威。夏廉的头已肿起多高，被她往磨盘上撞的。

张店的那位排长原是个有名有姓的人，他是和家里闹气而跑出去当了兵；他现在正在临县驻扎。赵五回来交差，很替二妞高兴——“一大家子人呢，准保有吃有喝；二姑娘有点造化！”他们也答应了提早结婚。

“柳屯的”大概上十回梯子，总有八回看见我：我替夏大嫂办理一切，她既下不了地，别人又不敢帮忙，我自然得卖点力气了—— 一半也是为气“柳屯的”。每逢她看见我，张口就骂夏廉，不但不骂我，连夏大嫂也摘干净了。我心里说，自要你不直接冲锋，我便不接碴儿，咱们是心里的劲！

夏廉，有一天晚上找我来了；他头上顶着好几个大青包，很像块长着绿苔的山子石。坐了半天，我们谁也没说话。我心里觉得非常的乱，不知思想什么好；他大概也不甚好受。我为是打破僵局，没想就说了句：“你怎能受她这个呢！”

“我没法子！”他板着脸说，眉毛要皱上，可是不成功，因为那块都肿着呢。

“我就不信一个男子汉——”

他没等我说完，就接了下去：“她也有好处。”

“财产都被你们俩弄过来了，好处？”我没好意的笑着。

他不出声了，两眼看着屋中的最远处；不愿再还口；可是十分不爱听我的话；一个人有一个主意——他愿挨揍而有财产。“柳屯的”，从一方面说，是他的宝贝。

“你干什么来了？”我不想再跟他多费话。

“我——”

“说你的！”

“我——；你是有意跟她顶到头儿吗？”

“夏大嫂是你的元配，二妞是你的亲女儿！”

他没往下接碴；简单的说了一句：“我怕闹到县里去！”

我看出来了：“柳屯的”是决不能善罢甘休，他管不了；所以来劝告我。他怕闹到县里去——钱！到了县里，没钱是不用想出来的。他不能舍了“柳屯的”：没有她，夏老者是头一个必向儿子反攻的。夏廉有相当的厉害，可是打算大获全胜非仗着“柳屯的”不可。真要闹到县里去，而“柳屯的”被扣起来，他便进退两难了：不设法弄出她来吧，他失去了靠山；弄出她来吧，得花钱；所以他来劝我。

“我不要求你帮助夏大嫂——你自己的妻子；你也不用管我怎样对待‘柳屯的’。咱们就说到这儿吧。”

第二天，“柳屯的”骑着驴，打着伞，到县城里骂去了：由东关骂到西关，还骂的是夏老王八与夏廉。她试试。试试城里有人抓她或拦阻她没有。她始终不放心县里。没人拦她，她打着得胜鼓回来了；当天晚上，她在场院召集布道会，咒诅夏家，并报告她的探险。

战事是必不可避免的，我看准了。只好预备打吧，有什么法子呢？没有大靡乱，是扫不清咱们这个世界的污浊的；以大喻小，我们村里这件事也是如此。

这几天村里的人都用一种特别的眼神看我，虽然我并没想好如何作战——不过是她来，我决不退缩。谣言说我已和那位“军官”勾好，也有人说我在县里打点妥当；这使我很不自在。其实我完全是“玩玩票”，不想勾结谁。赵五都不肯帮助我，还用说别人？

村里的人似乎永远是圣明的。他们相信好运是有年限的，果然是这样；即使我不信这个，也敌不过他们——他们只要一点偶合的事证明了天意。正在夏家二妞要出阁之前，“柳屯的”被县里拿了去。村里的人知道底细，可是暗中都用手指着我。我真一点也不知道。

过了几天，消息才传到村中来：村里的一位王姑娘，在城里当看护。恰巧县知事的太太生小孩，把王姑娘找了去。她当笑话似的把“柳屯的”一切告诉了知事太太，而知事太太最恨作小老婆的，因为知事颇有弄个“人儿”的愿望与表示。知事太太下命令叫老爷“办”那个娘们，于是“柳屯的”

就被捉进去。

村里人不十分相信这个，他们更愿维持“柳屯的”交了五年旺运的说法，而她所以倒霉还是因为我。松儿大爷一半满意，一半慨叹的说：“我说什么来着？出不了三四年，夏家连块土坯也落不下！应验了吧？县里，二三百亩地还不是白填进去！”

夏廉决定了把她弄出来，楞把钱花在县里也不能叫别人得了去——他的爸爸也在内。

夏老者也没闲着，没有“柳屯的”，他便什么也不怕了。

夏家父子的争斗，引起一部分人的注意——张二楞，刘四，冯二头，和宋寡妇等全决定帮助夏廉。“柳屯的”是他们的首领与恩人。连赵五都还替她吹风——“到了县衙门，‘柳屯的’还骂呢，硬到底！没见她走的时候呢，叫四个衙役搀着她！四个呀，衙役！”

夏二妞平平安安的被娶了走。暑天还没过去，夏大嫂便死了；她笑着死的。三妞被她的大姐接了走。夏家父子把夏大嫂的东西给分了。宋寡妇说：“要是‘柳屯的’在家，夏大嫂那份黄杨木梳一定会给了我！夏家那俩爷们一对死王八皮！”

“柳屯的”什么时候能出来，没人晓得。可是没有人忘了她，连孩子们都这样的玩耍：“我当‘柳屯的’，你当夏老头？”他们这样商议；“我当‘柳屯的’！我当‘柳屯的’！我的眼会努着！”大家这么争论。

连我自己也觉得有点对不起她了，虽然我知道这是可笑的。

原载1934年5月16日《东方杂志》第三十一卷第十号

生灭

一个爱的行为，引起生死疾痛种种解不开的压迫

“梅！”文低声的叫，已想好的话忽然全乱了；眼从梅的脸上移开，向小纯微笑。

小纯，八个月的小胖老虎，陪着爸笑了，鼻的左右笑出好几个肉坑。

文低下头去；天真的笑，此时，比刀还厉害。

小纯失去了爸的眼，往娘的胸部一撞，仰脸看娘。娘正面向窗出神，视线远些好能支持住泪。小纯无聊的啊啊了一阵，嘴中的粉色牙床露出些来。往常在灯下，文每每将一片棉花贴在那嫩团团的下巴上，往墙上照影；梅娇唤着：小老头，小老头；小纯啊啊着，莫名其妙的笑，有时咯咯的笑出

声来。今晚，娘只用手松拢着他，看着窗；绿窗帘还没有放下来。

小纯又作出三四种声音，信意的编成短句，要唤出大人心中的爱。娘忍不住了，低下头猛的吻了小纯的短发几下，苦痛随着泪滴在发上。“不是胃病！”本想多说，可是苦痛随着这简短的爆发又封住了心，像船尾的水开而复合。没擦自己的眼；她轻轻把小纯的头发用手掌拭干。

文觉得自己是畜类。当初，什么样的快乐没应许过她？都是欺骗，欺骗！他自己痛苦；可是她的应该大着多少倍呢？他想着婚前的景象……那时候的她……不到二年……不能再想；再想下去，他就不能承认过去的真实，而且也得不到什么安慰。他不能完全抛弃了希望。只有希望能折减罪过，虽然在过去也常这么着，而并没多大用处。“没有小纯的时候，不也常常不爱吃东西？”他笑得没有半分力量。想起在怀上小纯以前的梅，那时她的苍白是偶尔的，像初开的杜鹃，过一会儿便红上来。现在……“别太胆小了，不能是那个。”他把纯抱过来，眼撩着梅；梅的脸，二年的工夫，仿佛是另一个人了；和纯的乳光的脸蛋比起来，她确是个母亲样子了。她照镜子的时候该怎样难过呢？“乖，跟爸爸，给唱唱。”可是他没有唱，他找不到自己的声音。只是纯的凉而柔滑的脸，给他的唇一种舒适，心中也安静了些。

梅倒在床上，脸埋在枕里。

文颠动着小纯，在屋里转，任凭小纯揪他的耳朵，抓他的头发。他的眼没离开梅：那就是梅吗？和梅同过四年的学，连最初的相遇——在注册室外——他还记得很清楚。那时候的梅像个翠鸟似的。现在床上这一个人形，难道还是她？她想什么呢？生命就是这么无可捉摸的暗淡吗？腿一软似的，他坐在床沿上。惭愧而假笑的脸贴着小纯的胖腮，“妈不哭，小纯不哭。”小纯并没有哭，只是直躲爸的脸——晚上，胡子茬又硬起来——掏出口中的手指在爸的脸上画。

梅的头微微转起点来：“和点代乳粉试试，纯，来！”她慢慢坐起来，无意的看了腹部一眼；要打嗝，没打出来。

“胃不好，奶当然不好，”文极难堪的还往宽处想。他看罐上的说明。

“就快点吧，到吃的时候了；吃了好睡！”梅起急。

这不是往常夫妻间的小冲突的那种急，文看出来：这是一种不知怎好的暴躁，是一触即发的悲急。文原谅她，这不由她；可是在原谅中他觉到一点恐怖。他忙把粉调好。

小纯把头一口咽了。梅的心平下一点去，极轻妙而严重的去取第二匙。文看着她的手，还是那么白润，可是微微浮肿着，白润得不自然。纯辨明了滋味，把第二口白汁积在口中，想主意，而后照着喷牙练习那种喷法噗了一口，白汁顺嘴角往下流，鼻上也落了几小颗白星。文的喉中噎了一下，连个“乖”也没能叫出。

“宝纯纯！”梅在慌中镇定，把对一切苦恼的注意都移到纯的身上来，她又完全是母亲了：“来，吃，吃——”自己吧嗒着嘴，又轻轻给了他一匙。

纯的胖腿踢蹬起来，虽然没哭——他向来不爱哭——可是啊啊了一串，表示决不吃这个新东西。

“算了吧，”男人性急，“啊——”可是没什么办法。

梅叹了口气，不完全承认失败，又不肯逼迫娃娃，把怀解开：“吃吧，没养分！”

小纯像蜜蜂回巢似的奔了乳头去，万忙中找了爸一眼。爸要钻进地里去。纯吃得非常香甜，用手指拨弄着那个空闲的乳头。梅不错眼珠的看着娃娃的腮，好似没有一点思想；甘心的，毫不迟疑的，愿把自己都给了纯。可是“没养分”！她呆呆的看着那对小腮，无限的空虚。文看着妻的胸。那曾经把他迷狂了的胸，因小纯而失了魅力，现在又变成纯的毒物——没有养分！他听着咂乳的微声，温善的宣布着大人的罪恶。他觉到自己的尊严逐渐的消失。小纯的眼渐渐闭上了，

完全信靠大人，必须含着乳睡去。吃净了一边，换过方向来，他又睁开眼，湿润的双唇弯起一些半睡中的娇笑。文扭过头去。梅机械的拍着小腿，纯睡去了。

多么难堪的静寂。要再不说点什么，文的心似乎要炸了。伏在梅的耳旁，他轻轻的说：“明天上孟老头儿那里看看去；吃剂药看。”他还希望那是胃病，胃病在这当儿是必要的，救命的！

梅点点头，“吃汤药，奶可就更不好了。”她必须为小纯而慎重，她自己倒算不了什么。

“告诉老孟，说明白了，有小孩吃奶。”文的希望是无穷的，仿佛对一个中医的信心能救济一切。

一夜，夫妻都没睡好；小纯一会儿一醒，他饿。两只小手伸着时，像受了惊似的往上抬，而后闭着眼咧咧几声；听到娘的哼唧又勉强睡去；一会儿又醒。梅强打精神哼唧着，轻轻的拍着他，有时微叹一声，一种困乏隐忍悔恨爱惜等混合成的叹息。文大气不出，睁着眼看着黑暗。他什么也不敢想，可是什么都想到了，越想越迷惘。一个爱的行为，引起生死疾痛种种解不开的压迫。谁曾这么想过呢，在两年前？

春晨并没有欣喜，梅的眼底下发青，脸上灰白。文不敢细看她。他不断的打哈欠，泪在面上挂着，傻子似的。他去请假，赶回来看孩子；梅好去诊看。

小纯是豪横的，跟爸撕纸玩，揪爸的鼻子……不过，玩着玩着便啊啊起来，似微含焦急。爸会用新方法使他再笑得出了声，可是心中非常难过。他时时看那个代乳粉罐。钱是难挣的，还能不供给小纯代乳粉，假如他爱吃的话；但是他不吃。小纯瘦起来，一天到晚哭哭咧咧，以至于……他不敢再想。马上就看看纯，是否已经瘦了些呢？纯的眼似乎有点陷下，双眼皮的沟儿深了些，可怜的更俊了！

钱！不愿想它；敢不想么？事事物物上印着它的价值！他每月拿六十块。他不嫌少。可是住房、穿衣、吃饭、交际、养小孩都仗着这六十块；到底是紧得出不来气，不管嫌少不嫌。为小纯，他们差不多有一年了，没作过一件衣裳，没去看一次电影或戏。为小纯，梅辞了事。梅一月须喝五块钱的牛奶。但小纯是一切；钱少，少花就是了，除了为小纯的。谁想到会作父母呢？当结婚的时候，钱是可以随便花的。两个大学毕业生还怕抓不到钱么？结婚以后，俩人都去作事，虽然薪水都不像所期望的那么高，可是有了多花，没了少花，还不是很自由的么？早上出去，晚上回来，三间小屋的家庭不过像长期的旅舍。“随便”增高了浪漫的情味。爱出去吃饭，立起就走；爱自己作便合力的作。生活像燕那样活泼，

一切都被心房的跳跃给跳过去，如跳栏竞走那样。每天晚上会面是一个恋的新试验……只有他俩那些不同而混在一处的味道是固定的，在帐子上，杯沿上，手巾上，挂着，流动着。

“我们老这样！”

“我们老这样！”

老这样，谁怕钱少呢？够吃喝就好。谁要储蓄呢？两个大学毕业生还愁没有小事情作么。“我们就老这样自由，老这样相爱！”生活像没有顾虑的花朵，接受着春阳的晴暖。

慢慢的，可是，这个简单的小屋里有了个可畏的新现象，一个活的什么东西伸展它的势力，它会把这个小巢变成生命的监狱！他们怕！

怕有什么用呢，到底有了小纯。母性的尊傲担起身上的痛苦；梅的惊喜与哭泣使文不安而又希冀。为减少她的痛苦，他不叫她再去作事，给他找了个女仆。他俩都希望着，都又害怕。谁知道怎样作父母呢？最显然的是觉到钱的压迫。两个大学毕业生，已有一个不能作事的了。文不怕；梅说：只要小孩断了奶便仍旧去作事。可是他们到底是怕。没有过的经验来到，使他们减少了自信，知道一个小孩带来多少想不到的累赘呢。不由的，对这未来的生命怀疑了。谁也不肯明说设法除掉了它，可是眼前不尽光明……

文和纯有时不约而同的向窗外看；纯已懂得找娘，文是等着看梅的脸色。她那些不同的脸色与表情，他都能背得过来。假如她的脸上是这样……或那样……文的心跳上来，落下去，恐慌与希望互有胜负的在心中作战。小纯已有点发急，抓着桌子打狠儿。“爸抱上院院？”戴上白帽，上院中去，纯又笑了。

“妈来喽！”文听见砖地上的脚步声。脚步的轻快是个吉兆；果然由影壁后转过一个笑脸来。她夹着小皮包，头扬着点，又恢复了点婚前的轻俏。

文的心仿佛化在笑里了。

顾不得脱长袍，梅将小纯接过去，脸偎着脸。长袍的襟上有一大块油渍，她也不理会；一年前，杀了她也不肯穿它满街去走。

“问了孟老头儿，不是喜；老头儿笑着说的，我才不怕他！”梅的眼非常的亮，给言语增加上些力量。

“给我药方，抓几剂？”文自行恢复了人的资格。“我说不能呢；还要怎么谨慎？难道吻一下也——没的事！”从梅的皮包里掏出药方，“脉濡大，膈中结气……”一边念，一边走，没顾得戴帽子。

吃了两剂，还是不见好。小纯两太阳下的肉翅儿显然的

落下去。梅还时时的恶心。

文的希望要离开他。现象坏。梅又发楞了，终日眼泪扑洒的。小纯还不承认代乳粉。白天，用稀粥与嫩鸡子对付，他也乖乖的不闹；晚间，没有奶不睡。

夜间，文把眉皱得紧紧的思前想后。现象坏！怎这么容易呢？总是自己的过错；怎能改正或削减这个过错呢；他喉中止不住微响了。梅也没睡去，她明白这个响声。她呜咽起来。

文想安慰她，可是张不开口；夜似封闭了他的七窍，要暗中把他压死。他只能乱想。自从有了小纯，金钱的毒手已经扼住他们的咽喉。该买的东西不知道有多少，意外的花费几乎时时来伸手；他们以前没想到过省钱！但是小纯是一切。他不但是爱，而且是爱的生长，爱的有形的可捉摸的香暖的活宝贝。夫妇间的亲密有第三者来分润、增加、调和、平衡、完成。爱会从小纯流溢到他或她的心间；小纯不阻隔，而能传导。夫妇间彼此该挑剔的，都因小纯而互相原谅。他们更明白了生命，生命是责任，希望，与继续。金钱压迫的苦恼被小纯的可爱给调剂着；婴儿的微笑是多少年的光明；盘算什么呢？况且梅是努力的，过了满月便把女仆辞去，她操作一切。洗、作、买，都是她。文觉得对不起她，可是她乐意这样。她必须为小纯而受苦。等他会走了，她便能再去挣钱……

但是，假如这一个将能省点心，那一个又来了呢？大的耽误了，小的也养不好怎办呢？梅一个人照顾俩，这个睡了，那个醒，六十块钱，六十块钱怎么对待梅呢？永远就这么作下母亲去？孩子长大了能不上学么？钱造成天大的黑暗！

梅呜咽着！

第二天，梅决定到医院去检查。和文商议的时候，谁也不敢看谁。梅是有胆气的，除了怕黑潮虫，她比文还勇敢——在交涉一点事，还个物价，找医生等等上，她都比文的胆壮。她决定去找西医。文笑着，把眼睛藏起去。

“可怜的纯！”二人不约而同的低声儿说。小纯在床上睡呢。为可怜的纯，另一个生命是不许见天日的。

文还得请半天假。

梅走后，小纯还没有醒。文呆立在床前看着纯的长眼毛，一根一根清楚的爬在眼皮下。他不知怎样好。看着梅上医院，可与看着她上街买菜去不同了；这分明是白天奴使，夜间蹂躏的宣言，他觉得自己没有半点人味。

小纯醒了，揉开眼，傻子似的就笑。文抱起他来，一阵刺心的难过。他无聊的瞎说，纯像打电话似的啊啊。文的心

在梅身上。以前，梅只是他的梅；现在，梅是母亲。假如没了梅，只剩下他和纯？他不敢再想下去。生死苦痛、爱、杀、妻、母……没有系统的在他心上浮着，像水上的屑沫。

快到晌午，梅才回来。她眼下有些青影。不必问了，她也不说，坐在床沿上发楞。只有纯的啊啊是声音，屋中似在死的掌握里。半天，梅忽然一笑，笑得像死囚那样无可奈何的虚假："死刑！"说完，她用手挡起脸来，有泪无声的哭着，小纯奔着妈妈要奶吃。

该伤心的地方多了；眼前，梅哭的是怕什么偏有什么。这种伤心是无法止住的，它把以前的快乐一笔勾销，而暗示出将来是不可测的，前途是雾阵。怕什么偏有什么，她不能相信这是事实，可是医生又不扯谎。已经两个多月了，谁信呢？

无名的悲苦发泄了以后，她细细的盘算：必须除掉这个祸胎。她太爱纯，不能为一个未来的把纯饿坏。纯是头一个，也得是最好的。但是，应当不应当这么办呢？母性使她迟疑起来，她得和文商议。

文没有主张。梅如愿意，便那么办。但是，怕有危险呢！他愿花些钱作为赎罪的罚金，可是钱在哪里呢？他不能对梅提到钱的困难，梅并非是去享受。假如梅为眼前的省钱

作者：孙之儁。原载1928年2月26日《北晨画报》晨报副刊第122号。

而延迟不决，直到新的生命降生下来，那又怎样办？哪个孩子不是用金子养起的呢？他没主意，金钱锁住那未生的生命，痛苦围困住了梅——女人。痛苦老是妇女的。

几个医院都打听了。法国医院是天主教的，绝对不管打胎。美国医院是耶稣教的，不能办这种事。私立的小医院们愿意作这种买卖，可是看着就不保险。只有亚陆医院是专门作这个的，手术费高，宿膳费高，可是有经验，有设备，而且愿意杀戮中国的胎儿。

去还是不去呢？

去还是不去呢？

生还是灭呢？在这复杂而无意义的文化里？

梅下了决心，去！

文勇敢起来，当了他的表，戒指……去！

梅住二等七号。没带铺盖，而医院并不预备被褥；文得回家取。

取来铺盖，七号已站满了小脚大娘，等梅选用。医院的护士只管陪着大夫来，和测温度；其余的事必须雇用小脚大娘，因为中国人喜欢这样。梅只好选用了一位——王大娘。

王大娘被选，登时报告一切：八号是打胎的——十五岁的小妞，七个月的肚子，前两天用了撑子，叫唤了两夜。昨天已经打下来，今天已经唱着玩了。她的野汉子是三十多岁的掌柜的。第九号是打胎的，一位女教员。她的野汉子陪着她住院；已经打完了，正商量着结婚。为什么不省下这回事呢？谁知道。第十号是打胎的，可不是位小姐（王大娘似乎不大重视太太而打胎的），而小孩也不是她丈夫的。第十一号可不是打胎的，已经住了两个多月，夫妇都害胃病，天天吃中国药，专为在这儿可以痛快的吃大烟。

她刚要报告第十二号，进来一群人：送牛奶的问定奶不定，卖报的吆喝报，三仙斋锅贴铺报告承办伙食，卖瓜子的让瓜子，香烟……王大娘代为说明："太太，这儿比市场还方便。要不怎么永远没有闲房呢，老住得满满的，贵点，真方便呢。抽大烟没人敢抄，巡警也怕东洋人不是？"

八号的小妞又唱呢，紧接着九号开了留声机，唱着《玉堂春》。文想抱起小纯，马上回家。可是梅不动。纯洁与勇敢是他的孩子与妻，因他而放在这里——这提倡蹂躏女性的地方，这凭着金钱遮掩所谓丑德的地方，这使异国人杀害胎儿的地方！

他想叫梅同他回家，可是他是祸首，他没有管辖她的权利。他和那些"野汉子"是同类。

王大娘问：先生也住在这里吗？好去找铺板。这里是可

以住一家子的，可以随意作饭吃。

文回答不出。

“少爷可真俊！”王大娘夸奖小纯：“几个月了？”看他们无意回答，继续下去：“一共有几位少爷了？”

梅用无聊与厌烦挤出一点笑来：“头一个。”

“哟！就这一位呀！？为什么，啊，何不留着小的呢？不是一共才俩？”

文不由的拿起帽子来。可是小纯不许爸走，伸着小手向他啊啊。他把帽扣在头上，抱过纯来，坐在床沿上。

九号又换了戏片。

原载1934年8月《文学》第三卷第二号

沈二哥加了薪水

英雄伟人必须有个劲，没有前思，没有后想，对！

四十来岁，扁脸，细眉，冬夏常青的笑着，就是沈二哥。走路非常慎重，左脚迈出，右脚得想一会儿才敢跟上去。因此左肩有些探出。在左肩左脚都伸出去，而右脚正思索着的时节，很可以给他照张像，姿态有如什么大人物刚下飞机的样子。

自幼儿沈二哥就想作大人物，到如今可是还没信儿作成。因为要作大人物，就很谨慎，成人以后谁也晓得他老于世故。可是老于世故并不是怎样的惊天动地。他觉得受着压迫，很悲观。处处他用着心思，事事他想得周到，步法永远一丝不乱，可也没走到哪儿去。他不明白。总是受着压迫，他想；

不然的话……他要由细腻而丰富，谁知道越细心越往小里抽，像个盘中的桔子，一天比一天缩小。他感到了空虚，而莫名其妙。

只有一点安慰——他没碰过多少钉子，凡事他都要“想想看”，唯恐碰在钉子上。他躲开了许多钉子，可是也躲开了伟大；安慰改成了失望。四十来岁的了，他还没飞起来过一次。躲开一些钉子，真的，可是嘴按在沙窝上，不疼，怪憋得慌。

对家里的人，他算尽到了心。可是他们都欺侮他。太太又要件蓝自由呢的夹袍。他照例的想想看，不说行，也不说不行。他得想想看：论岁数，她也三十五六了，穿哪门子自由呢？论需要，她不是有两三件夹袍了吗？论体面，似乎应当先给儿女们做新衣裳，论……他想出无数的理由，可是不便对她直说。想想看最保险。

“想想看，老想想看，”沈二嫂挂了气：“想他妈的蛋！你一辈子可想出来什么了？！”

沈二哥的细眉拧起来，太太没这样厉害过，野蛮过。他不便还口，老夫老妻的，别打破了脸。太太会后悔的，一定。他管束着自己，等她后悔。

可是一两天了，他老没忘了她的话，一时一刻也没忘。

时时刻刻那两句话刺着他的心。他似乎已忘了那是她说的，他已忘了太太的厉害与野蛮。那好像是一个启示，一个提醒，一个向生命的总攻击。“一辈子可想出什么来了？老想想看！想他妈的蛋！”在往日，太太要是发脾气，他只认为那是一种压迫——他越细心，越周到，越智慧，他们大家越欺侮他。这一回可不是这样了。这不是压迫，不是闹脾气，而是什么一种摇动，像一阵狂风要把老老实实的一棵树连根拔起来，连根！他仿佛忽然明白过来：生命的所以空虚，都因为想他妈的蛋。他得干点什么，要干就干，再没有想想看。

是的，马上给她买自由呢，没有想想看。生命是要流出来的，不能罐里养王八。不能！三角五一尺，自由呢。买，没有想想看，连价钱也不还，买就是买。

刮着小西北风，斜阳中的少数黄叶金子似的。风刮在扁脸上，凉，痛快。秋也有它的光荣。沈二哥夹着那卷儿自由呢，几乎是随便的走，歪着肩膀，两脚谁也不等着谁，一溜歪斜的走。没有想想看，碰着人也活该。这是点劲儿。先叫老婆赏识赏识，三角五一尺，自由呢，连价也没还，劲儿！沈二哥的平腮挂出了红色，心里发热。生命应该是热的，他想，他痛快。

“给你，自由呢！”连多少钱一尺也不便说，丈夫气。

作者：孙之儁。原载1928年11月24日《丁丁画报》第4版。

“你这个人，”太太笑着，一种轻慢的笑，“不问问我就买，真，我昨天已经买下了。得，来个双份。有钱是怎着？！”

“那你可不告诉我？！”沈二哥还不肯后悔，只是乘机会给太太两句硬的：“双份也没关系，买了就是买了！”

“哟，瞧这股子劲！”太太几乎要佩服丈夫一下。“吃了横人肉了？不告诉你喽，哪一回想想看不是个蔫溜儿屁？！”太太决定不佩服他一下了。

沈二哥没再言语，心中叫上了劲。快四十了，不能再抽抽。英雄伟人必须有个劲，没有前思，没有后想，对！

第二天上衙门，走的很快。遇上熟人，大概的一点头，向着树，还是向着电线杆子，都没关系。使他们惊异，正好。

衙门里同事的有三个加了薪。沈二哥决定去见长官，没有想想看。沈二哥在衙门里多年了，哪一件事，经他的手，没出过错。加薪没他的事？可以！他挺起身来，自己觉得高了一块儿，去见司长。

“司长，我要求加薪。”没有想想看，要什么就说什么。这是到伟大之路。

“沈先生，”司长对老人儿挺和气，“坐，坐。”

没有想想看，沈二哥坐在司长的对面，脸上红着。

“要加薪？”司长笑了笑，“老人儿了，应当的，不过，我

想想看。”

“没有想想看，司长，说句痛快的！”沈二哥的心几乎炸了，声音发颤，一辈子没说过这样的话。

司长楞了，手下没有一个人敢这样说话，特别是沈二哥；沈二哥一定有点毛病，也许是喝了两盅酒，“沈先生，我不能马上回答你；这么办，晚上你到我家里，咱们谈一谈？”

沈二哥心中打了鼓，几乎说出“想想看”来。他管住了嘴：“晚上见，司长。”他退出屋。什么意思呢？什么意思呢？管它呢，已经就是已经。看司长的神气，也许……不管！该死反正活不了。不过，真要是……沈二哥的脸慢慢白了，嘴唇自己动着。他得去喝盅酒，酒是英雄们的玩艺。可是他没去喝酒，他没那个习惯。

他决定到司长家里去。一定没什么错儿；要是真得罪了司长，还往家中邀他么？说不定还许有点好处，“硬”的结果；人是得硬，哪怕偶尔一次呢。他不再怕，也不告诉太太，他一声不出的去见司长，得到好处再告诉她，得叫她看一手两手的。沈二哥几乎是高了兴。

司长真等着他呢。很客气，并且管他叫沈二哥：“你比我资格老，我们背地里都叫你沈二哥，坐，坐！”

沈二哥感激司长，想起自己的过错，不该和司长耍脾气。

“司长，对不起，我那么无礼。”沈二哥交待了这几句，心里合了辙。他就是这么说话的时候觉得自然，合身分。“自己一定是疯了，跟司长翻脸。”他心里说。他一点也不硬了，规规矩矩的坐着，眼睛看着自己的膝。“司长叫我干什么？”

“没事，谈一谈。”

“是。”沈二哥的声音低而好听，自己听着都入耳。说完了，似乎随着来了个声音：“你抽抽”，他也觉出来自己是一点一点往里缩呢。可是他不能改，特别是在司长面前。司长比他大的多，他得承认自己是“小不点”。况且司长这样客气呢，能给脸不兜着么？

“你在衙门里有十年了吧？”司长问，很亲热的。

“十多年了，”沈二哥不敢多带感情，可是不由的有点骄傲，生命并没白白过去，十多年了，老有差事作，稳当，熟习，没碰过钉子。

“还愿往下作？”司长笑了。

沈二哥回答不出，觉得身子直往里抽抽。他的心疼了一下。还愿往下作？是的。但是，这么下去能成个人物么？他真不敢问自己，舌头木住了，全是空的，全是。

“你看，今天你找我去……我明白……你是这样，我何尝不是这样。”司长思索了会儿。“咱们差不多。没有想想看，

你说的，对了。咱们都坏在想想看上。不是活着，是凑合。你打动了我。咱们都有这种时候，不过很少敢像你这么直说出来的。咱们把心放在手上捧着。越活越抽抽。”司长的眼中露出真的情感。

沈二哥的嘴中冒了水。“司长，对！咱们，我，一天一天的思索，只是为‘躲’，像苍蝇。对谁，对任何事，想想看。精明，不吃亏。其实，其实……”他再找不到话，嗓子中堵住了点什么。

“几时咱们才能不想想看呢？”司长叹息着。

“几时才能不想想看呢？”沈二哥重了一句，作为回答。

“说真的，当你说想想看的时候，你想什么？”

“我？”沈二哥要落泪：“我只想把自己放在有垫子的地方，不碰屁股。可也有时候，什么也不想，只是一种习惯，一种习惯。当我一说那三个字，我就觉得自己小了一些。可是我还得说，像小麻雀听见声儿必飞一下似的。我自己小起来，同时我管这种不舒服叫作压迫。我疑心。事事是和我顶着牛。我抓不到什么，只求别沉下去，像不会水的落在河里。我——”

“像个没病而怕要生病的，”司长接了过去。“什么事都先从坏里想，老微笑着从反面解释人家的好话真话。”他停了一会儿。“可是，不用多讲过去的了，现在我们怎办呢？”

“怎办呢？”沈二哥随着问，心里发空。“我们得有劲，我认为？”

“今天你在衙门里总算有了劲，”司长又笑了笑，“但是，假如不是遇上我，你的劲有什么结果呢？我明天要是对部长有劲一回，又怎样呢？”

“事情大概就吹了！”

“沈二哥，假若在四川，或是青海，有个事情，需要两个硬人，咱俩可以一同去，你去不去？”

“我想想看，”沈二哥不由的说出来了。

司长哈哈的笑起来，可是他很快的止住了：“沈二哥，别脸红！我也得这么说，假如你问我的话。咱们完了。人家托咱们捎封信，带点东西，咱们都得想想看。惯了。头裹在被子里咱们才睡得香呢。沈二哥，明天我替你办加薪。”

“谢”堵住了沈二哥的喉。

原载1934年11月《现代》第六卷第一期

总是月牙儿

什么都是凉的，只有这些栗子是热的；我

舍不得吃，用它们热我的手

是的，我又看见月牙儿了，带着点寒气的一钩儿浅金。多少次了，我看见跟现在这个月牙儿一样的月牙儿；多少次了。它带着种种不同的感情，种种不同的景物，当我坐定了看它，它一次一次的在我记忆中的碧云上斜挂着。它唤醒了我的记忆，像一阵晚风吹破一朵欲睡的花。

那第一次，带着寒气的月牙儿确是带着寒气。它第一次在我的云中是酸苦，它那一点点微弱的浅金光儿照着我的泪。那时候我也不过是七岁吧，一个穿着短红棉袄的小姑娘。戴着妈妈给我缝的一顶小帽儿，蓝布的，上面印着小小的花，我记得。我倚着那间小屋的门垛，看着月牙儿。屋里是药味，烟味，妈妈的眼泪，爸爸的病；我独自在台阶上看着月牙，没人招呼我，没人顾得给我作晚饭。我晓得屋里的惨凄，因为大家说爸爸的病……可是我更感觉自己的悲惨，我冷，饿，没人理我。一直的我立到月牙儿落下去。什么也没有了，我不能不哭。可是我的哭声被妈妈的压下去；爸，不出声了，面上蒙了块白布。我要掀开白布，再看看爸，可是我不敢。屋里只是那么点点地方，都被爸占了去。妈妈穿上白衣，我的红袄上也罩了个没缝襟边的白袍，我记得，因为不断地撕扯襟边上的白丝儿。大家都很忙，嚷嚷的声儿很高，哭得很恸，可是事情并不多，也似乎值不得嚷：爸爸就装入那么一个四块薄板的棺材里，到处都是缝子。然后，五六个人把他抬了走。妈和我在后边哭。我记得爸，记得爸的木匣。那个木匣结束了爸的一切：每逢我想起爸来，我就想到非打开那个木匣不能见着他。但是，那木匣是深深地埋在地里，我明知在城外哪个地方埋着它，可又像落在地上的一个雨点，似乎永难找到。

妈和我还穿着白袍，我又看见了月牙儿。那是个冷天，妈妈带我出城去看爸的坟。妈拿着很薄很薄的一摞儿纸。妈那天对我特别的好，我走不动便背我一程，到城门上还给我买了一些炒栗子。什么都是凉的，只有这些栗子是热的；我

舍不得吃，用它们热我的手。走了多远，我记不清了，总该是很远很远吧。在爸出殡的那天，我似乎没觉得这么远，或者是因为那天人多；这次只是我们娘儿俩，妈不说话，我也懒得出声，什么都是静寂的；那些黄土路静寂得没有头儿。天是短的，我记得那个坟：小小的一堆儿土，远处有一些高土岗儿，太阳在黄土岗儿上头斜着。妈妈似乎顾不得我了，把我放在一旁，抱着坟头儿去哭。我坐在坟头的旁边，弄着手里那几个栗子。妈哭了一阵，把那点纸焚化了，一些纸灰在我眼前卷成一两个旋儿，而后懒懒地落在地上；风很小，可是很够冷的。妈妈又哭起来。我也想爸，可是我不想哭他；我倒是为妈妈哭得可怜而也落了泪。过去拉住妈妈的手："妈不哭！不哭！"妈妈哭得更恸了。她把我搂在怀里。眼看太阳就落下去，四外没有一个人，只有我们娘儿俩。妈似乎也有点怕了，含着泪，扯起我就走，走出老远，她回头看了看，我也转过身去：爸的坟已经辨不清了；土岗的这边都是坟头，一小堆一小堆，一直摆到土岗底下。妈妈叹了口气。我们紧走慢走，还没有走到城门，我看见了月牙儿。四外漆黑，没有声音，只有月牙儿放出一道冷光。我乏了，妈妈抱起我来。怎样进的城，我就不知道了，只记得迷迷糊糊的天上有个月牙儿。

刚八岁，我已经学会了去当东西。我知道，若是当不来钱，我们娘儿俩就不要吃晚饭；因为妈妈但分有点主意，也不肯叫我去。我准知道她每逢交给我个小包，锅里必是连一点粥底儿也看不见了。我们的锅有时干净得像个体面的寡妇。这一天，我拿的是一面镜子。只有这件东西似乎是不必要的，虽然妈妈天天得用它。这是个春天，我们的棉衣都刚脱下来就入了当铺。我拿着这面镜子，我知道怎样小心，小心而且要走得快，当铺是老早就上门的。我怕当铺的那个大红门，那个大高长柜台。一看见那个门，我就心跳。可是我必须进去，似乎是爬进去，那个高门坎儿是那么高。我得用尽了力量，递上我的东西，还得喊："当当！"得了钱和当票，我知道怎样小心的拿着，快快回家，晓得妈妈不放心。可是这一次，当铺不要这面镜子，告诉我再添一号来。我懂得什么叫"一号"。把镜子搂在胸前，我拼命的往家跑。妈妈哭了；她找不到第二件东西。我在那间小屋住惯了，总以为东西不少；及至帮着妈妈一找可当的衣物，我的小心里才明白过来，我们的东西很少，很少。妈妈不叫我去了。可是"妈妈咱们吃什么呢？"妈妈哭着递给我她头上的银簪——只有这一件东西是银的。我知道，她拔下过来几回，都没肯交给我去当。这是妈妈出门子时，姥姥家给的一件首饰。现在，她把这么

一件银器给了我，叫我把镜子放下。我尽了我的力量赶回当铺，那可怕的大门已经严严地关好了。我坐在那门墩上，握着那根银簪。不敢高声地哭，我看着天，啊，又是月牙儿照着我的眼泪！哭了好久，妈妈在黑影中来了，她拉住了我的手，呕，多么热的手，我忘了一切的苦处，连饿也忘了，只要有妈妈这只热手拉着我就好。我抽抽搭搭地说："妈！咱们回家睡觉吧。明儿早上再来！"妈一声没出。又走了一会儿："妈！你看这个月牙；爸死的那天，它就是这么斜斜着。为什么它老这么斜斜着呢？"妈还是一声没出，她的手有点颤。

题目为编者加。选自小说《月牙儿》，原载1935年4月1日至15日《国闻周报》第十二卷第十二至十四期

老字号

他越佩服周掌柜，心里越难过。他的饭由脊梁骨下去

钱掌柜走后，辛德治——三合祥的大徒弟，现在很拿点事——好几天没正经吃饭。钱掌柜是绸缎行公认的老手，正如三合祥是公认的老字号。辛德治是钱掌柜手下教练出来的人。可是他并不专因私人的感情而这样难过，也不是自己有什么野心。他说不上来为什么这样怕，好像钱掌柜带走了一些永难恢复的东西。

周掌柜到任。辛德治明白了，他的恐怖不是虚的；“难过”几乎要改成咒骂了。周掌柜是个“野鸡”，三合祥——多少年的老字号！——要满街拉客了！辛德治的嘴撇得像个煮破了的饺子。老手，老字号，老规矩——都随着钱掌柜的走了，

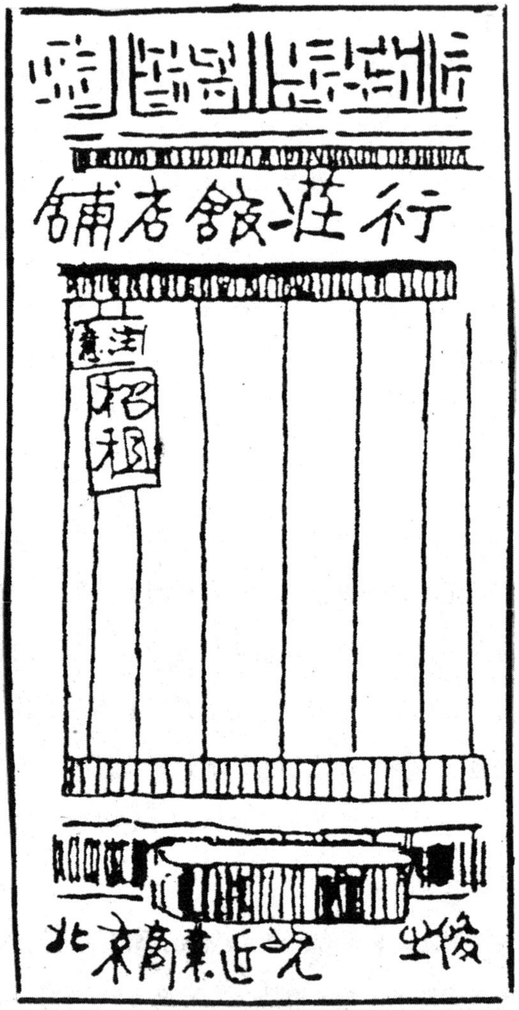

作者：孙之儁。原载1928年1月29日《北晨画报》晨报副刊第118号。

或者永远不再回来。钱掌柜，那样正直，那样规矩，把买卖作赔了。东家不管别的，只求年底下多分红。

多少年了，三合祥是永远那么官样大气：金匾黑字，绿装修，黑柜蓝布围子，大机凳[1]包着蓝呢子套，茶几上永远放着鲜花。多少年了，三合祥除了在灯节才挂上四只宫灯，垂着大红穗子；此外，没有半点不像买卖地儿的胡闹八光。多少年了，三合祥没打过价钱，抹过零儿，或是贴张广告，或者减价半月；三合祥卖的是字号。多少年了，柜上没有吸烟卷的，没有大声说话的；有点响声只是老掌柜的咕噜水烟与咳嗽。

这些，还有许许多多可宝贵的老气度，老规矩，由周掌柜一进门，辛德治看出来，全要完！周掌柜的眼睛就不规矩，他不低着眼皮，而是满世界扫，好像找贼呢。人家钱掌柜，老坐在大机凳上合着眼，可是哪个伙计出错了口气，他也晓得。

果然，周掌柜——来了还没有两天——要把三合祥改成蹦蹦戏[2]的棚子：门前扎起血丝胡拉的一座彩牌，“大减价”每个字有五尺见方，两盏煤气灯，把人们照得脸上发绿，好像一群大烟鬼。这还不够，门口一档子洋鼓洋号，从天亮吹到

1 大机凳，大的高方凳。
2 蹦蹦戏，老北京对评剧的俗称。

三更；四个徒弟，都戴上红帽子，在门口，在马路上，见人就给传单。这还不够，他派定两个徒弟专管给客人送烟递茶，哪怕是买半尺白布，也往后柜让，也递香烟：大兵，清道夫，女招待，都烧着烟卷，把屋里烧得像个佛堂。这还不够，买一尺还饶上一尺，还赠送洋娃娃，伙计们还要和客人随便说笑；客人要买的，假如柜上没有，不告诉人家没有，而拿出别种东西硬叫人家看；买过十元钱的东西，还打发徒弟送了去，柜上买了两个一走三歪的自行车！

辛德治要找个地方哭一大场去！在柜上十五六年了，没想到过——更不用说见过了——三合祥会落到这步田地！怎么见人呢？合街上有谁不敬重三合祥的？伙计们晚上出来，提着三合祥的大灯笼，连巡警们都另眼看待。那年兵变，三合祥虽然也被抢一空，可是没像左右的铺户那样连门板和“言无二价”的牌子都被摘了走——三合祥的金匾有种尊严！他到城里已经二十来年了，其中的十五六年是在三合祥，三合祥是他第二家庭，他的说话，咳嗽与蓝布大衫的样式，全是三合祥给他的。他因三合祥，也为三合祥而骄傲。他给铺子去索债，都被人请进去喝碗茶；三合祥虽是个买卖，可是照顾主儿似乎是些朋友。钱掌柜是常给照顾主儿行红白人情的。三合祥是“君子之风”的买卖：门凳上常坐着附近最体面的人；遇到街上有热闹的时候，照顾主儿的女眷们到这里向老掌柜借个座儿。这个光荣的历史，是长在辛德治的心里的。可是现在？

辛德治也并不是不晓得，年头是变了。拿三合祥的左右铺户说，多少家已经把老规矩舍弃，而那些新开的更是提不得的，因为根本就没有过规矩。他知道这个。可是因此他更爱三合祥，更替它骄傲，它是人造丝品中唯一的一匹道地大缎子，仿佛是。假如三合祥也下了桥，世界就没了！哼，现在三合祥和别人家一样了，假如不是更坏！

他最恨的是对门那家正香村：掌柜的趿拉着鞋，叼着烟卷，镶着金门牙。老板娘背着抱着，好像兜儿里还带着，几个男女小孩，成天出来进去，进去出来，打着南方话唧唧喳喳，不知喊些什么。老板和老板娘吵架也在柜上，打孩子，给孩子吃奶，也在柜上。摸不清他们是作买卖呢，还是干什么玩呢，只有老板娘的胸口老在柜前陈列着是件无可疑的事儿。那群伙计，不知是从哪儿找来的，全穿着破鞋，可是衣服多半是绸缎的。有的贴着太阳膏，有的头发梳得像漆杓，有的戴着金丝眼镜。再说那份厌气：一年到头老是大减价，老悬着煤气灯，老磨着留声机。买过两元钱的东西，老板便亲自让客人吃块酥糖；不吃，他能往人家嘴里送！什么东西

也没有一定的价钱，洋钱也没有一定的行市。辛德治永远不正眼看“正香村”那三个字，也永不到那边买点东西。他想不到世上会有这样的买卖，而且和三合祥正对门！

更奇怪的，正香村发财，而三合祥一天比一天衰微。他不明白这是什么道理。难道买卖必定得不按着规矩作才行吗？果然如此，何必学徒呢？是个人就可以作生意了！不能是这样，不能；三合祥到底是不会那样的！谁知道竟自来了个周掌柜，三合祥的与正香村的煤气灯把街道照青了一大截，它们是一对儿！三合祥与正香村成了一对儿？！这莫非是作梦么？不是梦，辛德治也得按着周掌柜的办法走。他得和客人瞎扯，他得让人吸烟，他得把人诓到后柜，他得拿着假货当真货卖，他得等客人争竞才多放二寸，他得用手术量布——手指一捻就抽回来一块！他不能受这个！

可是多数的伙计似乎愿意这么作。有个女客进来，他们恨不能把她围上，恨不能把全铺子的东西都搬来给她瞧，等她买完——哪怕是买了二尺搪布——他们恨不能把她送回家去。周掌柜喜爱这个，他愿意伙计们折跟头，打把式，更好是能在空中飞。

周掌柜和正香村的老板成了好朋友。有时候还凑上天成的人们打打“麻雀”。天成也是本街上的绸缎店，开张也有四五年了，可是钱掌柜就始终没招呼过他们。天成故意和三合祥打对仗，并且吹出风来，非把三合祥顶趴下不可。钱掌柜一声也不出，只偶尔说一句：咱们作的是字号。天成一年倒有三百六十五天是纪念日，大减价。现在天成的人们也过来打牌了。辛德治不能管理他们。他有点空闲，便坐在柜里发楞，面对着货架子——原先架上的布匹都用白布包着，现在用整幅的通天扯地的作装饰，看着都眼晕，那么花红柳绿的！三合祥已经完了，他心里说。

但是，过了一节，他不能不佩服周掌柜了。节下报账，虽然没赚什么，可是没赔。周掌柜笑着给大家解释："你们得记住，这是我的头一节呀！我还有好些没施展出来的本事呢。还有一层，扎牌楼，赁煤气灯……哪个不花钱呢？所以呀！"他到说上劲来的时节总这么"所以呀"一下。"日后无须扎牌楼了，咱会用新的，还要省钱的办法，那可就有了赚头，所以呀！"辛德治看出来，钱掌柜是回不来了；世界的确是变了。周掌柜和天成、正香村的人们说得来，他们都是发财的。

过了节，检查日货嚷嚷动了。周掌柜疯了似的上东洋货。检查的学生已经出来了，他把东洋货全摆在大面上，而且下了命令："进来买主，先拿日本布；别处不敢卖，咱们正好作一批生意。看见乡下人，明说这是东洋布，他们认这个；对

城里的人，说德国货。”

检查的学生到了。周掌柜脸上要笑出几个蝴蝶儿来，让吸烟，让喝茶。“三合祥，冲这三个字，不是卖东洋货的地方，所以呀！诸位看吧！门口那些有德国布，也有土布；内柜都是国货绸缎，小号在南方有联号，自办自运。”

学生们疑心那些花布。周掌柜笑了：“张福来，把后边剩下的那匹东洋布拿来。”

布拿来了。他扯住检查队的队长：“先生，不屈心，只剩下这么一匹东洋布，跟先生穿的这件大衫一样的材料，所以呀！”他回过头来，“福来，把这匹料子扔到街上去！”

队长看着自己的大衫，头也没抬，便走出去了。

这批随时可以变成德国货，国货，英国货的日本布赚了一大笔钱。有识货的人，当着周掌柜的面，把布扔在地上，周掌柜会笑着命令徒弟：“拿真正西洋货去，难道就看不出先生是懂眼的人吗？”然后对买主：“什么人要什么货，白给你这个，你也不要，所以呀！”于是又作了一号买卖。客人临走，好像怪舍不得周掌柜。辛德治看透了，作买卖打算要赚钱的话，得会变戏法和说相声。周掌柜是个人物。可是辛德治不想再在这儿干，他越佩服周掌柜，心里越难过。他的饭由脊梁骨下去。打算睡得安稳一些，他得离开这样的三合祥。

可是，没等到他在别处找好位置，周掌柜上天成领柜去了。天成需要这样的人，而周掌柜也愿意去，因为三合祥的老规矩太深了，仿佛是长了根，他不能充分施展他的才力。

辛德治送出周掌柜去，好像是送走了一块心病。

对于东家们，辛德治以十五六年老伙计的资格，是可以说几句话的，虽然不一定发生什么效力。他知道哪些位东家是更老派一些，他知道怎样打动他们。他去给钱掌柜运动，也托出钱掌柜的老朋友们来帮忙。他不说钱掌柜的一切都好，而是说钱与周二位各有所长，应当折中一下，不能死守旧法，也别改变的太过火。老字号是值得保存的，新办法也得学着用。字号与利益两顾着——他知道这必能打动了东家们。

他心里，可是，另有个主意。钱掌柜回来，一切就都回来，三合祥必定是“老”三合祥，要不然便什么也不是。他想好了：减去煤气灯，洋鼓洋号，广告，传单，烟卷；至必不得已的时候，还可以减人，大概可以省去一大笔开销。况且，不出声而贱卖，尺大而货物地道。难道人们就都是傻子吗？

钱掌柜果然回来了。街上只剩了正香村的煤气灯，三合祥恢复了昔日的肃静，虽然因为欢迎钱掌柜而悬挂上那四个宫灯，垂着大红穗子。

三合祥挂上宫灯那天，天成号门口放上两只骆驼，骆驼

身上披满了各色的缎条，驼峰上安着一明一灭的五彩电灯。骆驼的左右辟了抓彩部，一人一毛钱，凑足了十个人就开彩，一毛钱有得一匹摩登绸的希望。天成门外成了庙会，挤不动的人。真有笑嘻嘻夹走一匹摩登绸的吗！

三合祥的门凳上又罩上蓝呢套，钱掌柜眼皮也不抬，在那里坐着。伙计们安静地坐在柜里，有的轻轻拨弄算盘珠儿，有的徐缓地打着哈欠，辛德治口里不说什么，心中可是着急。半天儿能不进来一个买主。偶尔有人在外边打一眼，似乎是要进来，可是看看金匾，往天成那边走去。有时候已经进来，看了货，因不打价钱，又空手走了。只有几位老主顾，时常来买点东西；可也有时候只和钱掌柜说会儿话，慨叹着年月这样穷，喝两碗茶就走，什么也不买。辛德治喜欢听他们说话，这使他想起昔年的光景，可是他也晓得，昔年的光景，大概不会回来了；这条街只有天成“是”个买卖！

过了一节，三合祥非减人不可了。辛德治含着泪和钱掌柜说：“我一人干五个人的活，咱们不怕！”老掌柜也说：“咱们不怕！”辛德治那晚睡得非常香甜，准备次日干五个人的活。

可是过了一年，三合祥倒给天成了。

原载1935年4月10日《新文学》第一卷第一期

文博士拜见卢会长

在美国我学的是教育，对于商业隔膜一些

次日九点多钟，文博士决定出马去看卢会长。他心中有点发跳，虽然不信宗教，可是很想祷告一下，成败在此一举，倘若开头就碰了钉子，才没法儿办！把领带正了好几次，他下了楼。

卢宅的大门，与济南的绅士家的大门一样，门外另加铁栅，白天也上着锁。大门与铁栅之间，趴着条小驴似的大狗。文博士刚一上台阶，大狗就扑了过来，把铁栅碰得乱响。出来个仆人。先把狗调了走，而后招呼客人。把名片拿进去——文博士声明是由焦委员那里来的——又回来，这才开铁栅的锁，非常的严重，好像一座关口似的。

卢会长是个高胖子，眼睛亮得可爱，像小娃娃的那样黑白分明。脸上都很发展，耳朵厚实长顺，耳唇像两个小毛钱似的。见了文博士，他的双手都过来握着，手极白净绵软。把文博士拉到屋中，赶紧递过来炮台烟，然后用水桶大小的茶壶给倒上茶。

“文博士是从美国回来的？”卢会长的嗓音响亮，带着水音，据说能唱一口很好的二黄。看文博士谦恭的一笑，承认这件事实，他马上转了转那对极黑极亮的眼珠：“文博士，美国收买花生——我们济南管叫长果——近来行市很低；眼看新花生就下来，这倒要费些心思呢！文博士可知道？”

“离开美国已经有几个月了，这倒不很清楚。”文博士本来不吃烟，只好把烟卷拿起来看了看，表示出很安详的样子。“卢会长不是丝业专家吗？”他反攻了一句。

卢平福哈哈的笑起来：“文博士，这年月讲不到什么专家喽！横扒搂着，还弄不上嚼谷！丝业？教人造丝顶死了！没办法！我什么也干，就是赚不出钱来！在周村，我有丝厂，眼看着得歇业；东洋人整批的收茧，没咱们的份儿；济南咱有门面，替洋货销售，没办法！咱什么也干，干到归齐，是瞎凑个热闹！我还办报呢，博士信不信？济南《商业时报》是我的。哎，文博士，等有工夫给写点文章！”

作者：孙之儁。原载1929年1月13日《华北画刊》第2期。

“那要看什么样的文章了！”文博士笑了笑，心里说：“这个家伙不懂得什么叫专门学问！”

“什么文章也是好的，自要博士肯写；不瞒你说，我还写戏评呢，自己唱不好，哼哼两句！”卢会长的黑亮的眼珠又极快的一转，话又改了辙：“文博士，从上海过的时候，注意到山东的果子没有，我们今年试办，先运苹果和梨。以前，货一运到，总得伤害多一半，据周海卿——也是美国留学生，很是把手儿——说，那是果皮上有病菌的缘故。他给我们出的方法，教我们按他的方法起运。谁知道怎样了呢！事儿多，简直顾不过来，到如今还没听见下文。”

“我在上海的时候，才刚交四月；这次是由北平下来的。”文博士觉得只有招架之工，并无还手之力了。他心中很难过，他看得明明白白，姓卢的这家伙并不是故意为难他，而是疯着心想多知道一些事儿，为是好去横搂巴钱。即使这家伙的毛病在于不晓得博士的学问是各有专长，可是自己连一句也回答不出，总怪难以为情。他正这么想，卢会长又抓住了北平。

“焦委员答应了我们，给我们运动北平的各机关，一律穿烟台绸的制服，哼，夏天已经过去，连个信儿也没有！博士可知道？”

文博士不知道。但是不能直说，他必须在这个人的面前显出和焦委员很熟识，不能一语回答不出。他又真不知道这件事。他用力的往下镇定，可是到底脸上红了一点："大概得明年开始了。"说得非常的不带劲，他自己觉得出来。

"谁说不是！"卢会长叹了口气，不知是不满意焦委员，还是看文博士没用。

文博士想说出他自己的学问。不能就这么再教卢会长——一个小小的商人！——给叹气叹了下去！"在美国我学的是教育，对于商业隔膜一些。学问——在现在的世纪——太专门了！太专门了！"

他以为这可以挡回卢会长的乱问了，即使这不是联络人的顶好的方法，至少也维持住了博士的尊严。哪知道，卢会长的眼睛又极快的转了个圈：

"文博士，对了！我们正想办个玩具公司，好极了！你看，博士，维县的机厂，现在什么铁玩艺也能模仿；我们就这么想了，弄不多的钱，找几个工人来，他们作带机器的小玩艺，小火车，小轮船，会跳的小猴；一本万利的事！我是混想发财，谁不是如此？作买卖为商，花样越多越好！文博士，给来个计划，咱们合办！"

"那行！那行！"文博士只好扯谎了，好能挺着胸走出去。他心里要说的是这个："那属于幼稚教育，我学的是专门

与中等教育行政！”

假装是回来作计划，他知道以后很难和卢会长见面了。走出大门来，卢会长还喊着，“专等博士的计划！”博士极慢极慢的走回宿舍，像好几天没睡好觉那么不精神。

题目为编者加。选自小说《文博士》，写于1940年前后，香港作者书社出版

妈妈走了

你呀，福官，要强，读书，作个一官半职的，我在地下喜欢

老太太与主任的战斗虽然不很热闹，她可是没省了力量。本来身体就不甚好，加上这一气，她到家就病了。在精神上，胜利是她的；事实上，她的高傲的办法使主任得去便宜。她这种由人格上进攻的战法，在二十年前或者还能大获全胜；主任是读书要脸面的人呀，按老规矩说。按老规矩，王朗是可以被骂死的呀。可是，现在的主任只求事情过得去：开除了，学生不要求回来，这岂不很顺手；骂几句算得了什么？老太太白费了力气，没把主任怎样了。她觉出她该死了。她一辈子站在礼义廉耻上，中等人家的规矩上，现在这些似乎已不存在了。她越想越气。

天赐很难过。妈妈为他的事气病，没想到的事。遇到实际上的问题，他不能再想象，因为眼前的事是那么真切显明，他没法再游戏似的去处置。妈妈生病，事儿太郑重，他不能再“假装”怎样了。他能假装看见学校房上有十一个背单刀的，因为那里的事不切近；妈妈是真哼哼呢，妈妈真是为他的事而生病。这里边有他！他迷了头。他着了急：为妈妈去找药，为妈妈去倒开水，他一心的希望妈妈好了。可是妈妈的病越来越沉重。他愿常问问妈妈好些没有？妈妈的身上疼，他愿说——我给轻轻捶一捶？可是，他说不出口，他在屋中打转，说不出。妈妈说他没良心，纪妈责备他不懂事。他有口难辩。在家里，在学校里，一向是生闷气的时候多；同情往往引起是非，而且孤高使他不愿逢迎。他会说故事，可是这并不能使他对人甜言蜜语的。遇到了真事，他怕。在想象里他能郑重；在真事里他不能想象，因而也不能郑重。他真愿安慰安慰妈妈，可是妈妈是真病了，怎能假装的去问呢？不假装的还有什么可说呢？

妈妈和一般的六十多岁的老人一样，有病便想到了死，而且很怕死。这倒不一定是只怕自己不吸气而去住棺材，死的难堪是因为别人还活着。死去也放心不下活着的，这使死成为不舒服的事。越到将死越觉出自己的重要，不然这辈子岂不是白活？她设若死去，她自己盘算：天赐该怎办呢？老头子由谁照应呢？那点产业由谁管理呢？……越想越觉得自己死不得，而死也就更可怕。有一分痛苦，她想着是两分，死越可怕，病势便越发仿佛特别的沉重。她夜夜差不多梦见死鬼！

在亲戚们的心中，牛老太太死在牛老头儿的前头是更有些道理的。他们惹不起她，可是她若在最后结个人缘的话，顶好是先死。他们自然没法把她弄死；她自己生病可是天随人愿，他们听说她病了都觉着心里痛快。他们拿着礼物来看她，安慰她，同时也是为看看她到底死得了死不了；设若她的气色正合乎他们所希望的，那点礼物算是没白扔了。天天有人来看她，也很细心的观察天赐。天赐直发毛咕。在他们心中，老太太要是一病不起，他们会想法叫牛家的财产落在牛家人的手里。天赐觉得他们的眼角有点不是劲。

牛老者给太太请了医生。医生诊了脉，说不怕；吃两剂小药就会好的。他开了二十味小药。牛老太太吃了一剂，病更重了，二十味小药没有一味有用的。又换了位医生，另开了二十味小药；这二十味大概是太有用了，拿得老太太说起胡话。

妈妈不像样儿了。在灯下，她十分的可怕。她闭着眼，

嘴唇动得很快，有时出声，有时无声，自己叨念。有时她手摸着褥边：“对了，你拿这二十去吧；那三十你不能动！”她睁开了眼，向四外找：“走啦？拿了钱就走！早知道，少给他……”她楞起来，吧唧了两下：“给我点水喝！”

天赐大着胆给了妈点水，妈咽了半口，“不是味！”天赐没了主意。他没想到妈妈会有这么一天。他和妈妈的感情不算顶好，可是妈妈到底操持着一切，妈妈是不可少的。妈叫他呢：“福官，这来！”天赐挨近了妈妈。“我呀，大概不行了。把抽屉里的小白布包递给我！”天赐找到了小包，要叫声妈，可没叫出来，他的泪下来了。他没和妈这样亲密过，妈向来不和他说什么知心的话。“打开，有个小印，小图章，不是？你带着它，那是你外祖父的图章。你呀，福官，要强，读书，作个一官半职的，我在地下喜欢。你外祖作过官！老带着它，看见它就如同看见我，明白不？”

天赐说不出来什么。他想不出作官有什么意义，也顾不得想。他心中飘飘忽忽的。他看见了死。妈又说话呢，说的与他没关系。这不像妈，妈永远不乱讲话！妈又睡去，全身一点都不动，嘴张着些，有些不顺畅的呼吸声儿。越看越不像妈了，她没了规矩，没了款式，就是那么一架瘦东西。她的身上各处似乎都缩小了，看不出一点精力来。这不是会管

作者：孙之儁。原载1928年10月26日《大公报》第10版。

理一切的妈妈。他不敢再看，转脸去看灯。屋中有些药味。他仿佛是在梦里。他跑去喊爸。

爸来了，屋中又换了一个样。爸的圆头大肚使灯光都明了好些。屋中有了些热气。天赐看看爸，看看妈，这一间屋中有两种潮浪，似乎是。他可怜妈那样瘦小静寂，爸也要落泪，可是爸的眼好看，活的。

妈睁开了眼，看看他们，极不放心的又闭上了，没看完的一点什么被眼皮包了进去，像埋了点不尽的意思。

妈的眼永不再睁了。

题目为编者加。选自《老舍全集》第二卷《牛天赐传》

祥子

这些人，生命最鲜壮的时期已经卖掉，现在再把窝窝头变成的血汗滴在马路上

我们所要介绍的是祥子，不是骆驼，因为“骆驼”只是个外号；那么，我们就先说祥子，随手儿把骆驼与祥子那点关系说过去，也就算了。

北平的洋车夫有许多派：年轻力壮，腿脚灵利的，讲究赁漂亮的车，拉“整天儿”，爱什么时候出车与收车都有自由；拉出车来，在固定的“车口”[1]或宅门一放，专等坐快车的主儿；弄好了，也许一下子弄个一块两块的；碰巧了，也许白耗一天，连“车份儿”也没着落，但也不在乎。这一派哥儿们的希望大概有两个：或是拉包车；或是自己买上辆车，

1 车口，即停车处。

作者：孙之儁。原载1928年6月10日《世界画报》第138期。

有了自己的车，再去拉包月或散座就没大关系了，反正车是自己的。

比这一派岁数稍大的，或因身体的关系而跑得稍差点劲的，或因家庭的关系而不敢白耗一天的，大概就多数的拉八成新的车；人与车都有相当的漂亮，所以在要价儿的时候也还能保持住相当的尊严。这派的车夫，也许拉“整天”，也许拉“半天”。在后者的情形下，因为还有相当的精气神，所以无论冬天夏天总是“拉晚儿”。夜间，当然比白天需要更多的留神与本事；钱自然也多挣一些。

年纪在四十以上，二十以下的，恐怕就不易在前两派里有个地位了。他们的车破，又不敢“拉晚儿”，所以只能早早的出车，希望能从清晨转到午后三四点钟，拉出“车份儿”和自己的嚼谷。他们的车破，跑得慢，所以得多走路，少要钱。到瓜市，果市，菜市，去拉货物，都是他们；钱少，可是无须快跑呢。

在这里，二十岁以下的——有的从十一二岁就干这行儿——很少能到二十岁以后改变成漂亮的车夫的，因为在幼年受了伤，很难健壮起来。他们也许拉一辈子洋车，而一辈子连拉车也没出过风头。那四十以上的人，有的是已拉了十年八年的车，筋肉的衰损使他们甘居人后，他们渐渐知道早晚是一个跟头会死在马路上。他们的拉车姿式，讲价时的随机应变，走路的抄近绕远，都足以使他们想起过去的光荣，而用鼻翅儿扇着那些后起之辈。可是这点光荣丝毫不能减少将来的黑暗，他们自己也因此在擦着汗的时节常常微叹。不过，以他们比较另一些四十上下岁的车夫，他们还似乎没有苦到了家。这一些是以前决没想到自己能与洋车发生关系，而到了生和死的界限已经不甚分明，才抄起车把来的。被撤差的巡警或校役，把本钱吃光的小贩，或是失业的工匠，到了卖无可卖，当无可当的时候，咬着牙，含着泪，上了这条到死亡之路。这些人，生命最鲜壮的时期已经卖掉，现在再

把窝窝头变成的血汗滴在马路上。没有力气，没有经验，没有朋友，就是在同行的当中也得不到好气儿。他们拉最破的车，皮带不定一天泄多少次气；一边拉着人还得一边央求人家原谅，虽然十五个大铜子儿已经算是甜买卖。

此外，因环境与知识的特异，又使一部分车夫另成派别。生于西苑海甸的自然以走西山，燕京，清华，较比方便；同样，在安定门外的走清河，北苑；在永定门外的走南苑……这是跑长趟的，不愿拉零座；因为拉一趟便是一趟，不屑于三五个铜子的穷凑了。可是他们还不如东交民巷的车夫的气儿长，这些专拉洋买卖的讲究一气儿由交民巷拉到玉泉山，颐和园或西山。气长也还算小事，一般车夫万不能争这项生意的原因，大半还是因为这些吃洋饭的有点与众不同的知识，他们会说外国话。英国兵，法国兵，所说的万寿山，雍和宫，“八大胡同”，他们都晓得。他们自己有一套外国话，不传授给别人。他们的跑法也特别，四六步儿不快不慢，低着头，目不旁视的，贴着马路边儿走，带出与世无争，而自有专长的神气。因为拉着洋人，他们可以不穿号坎，而一律的是长袖小白褂，白的或黑的裤子，裤筒特别肥，脚腕上系着细带；脚上是宽双脸千层底青布鞋；干净，利落，神气。一见这样的服装，别的车夫不会再过来争座与赛车，他们似乎是属于另一行业的。

有了这点简单的分析，我们再说祥子的地位，就像说——我们希望——一盘机器上的某种钉子那么准确了。祥子，在与“骆驼”这个外号发生关系以前，是个较比有自由的洋车夫，这就是说，他是属于年轻力壮，而且自己有车的那一类：自己的车，自己的生活，都在自己手里，高等车夫。

这可绝不是件容易的事。一年，二年，至少有三四年；一滴汗，两滴汗，不知道多少万滴汗，才挣出那辆车。从风里雨里的咬牙，从饭里茶里的自苦，才赚出那辆车。那辆车是他的一切挣扎与困苦的总结果与报酬，像身经百战的武士的一颗徽章。在他赁人家的车的时候，他从早到晚，由东到西，由南到北，像被人家抽着转的陀螺；他没有自己。可是在这种旋转之中，他的眼并没有花，心并没有乱，他老想着远远的一辆车，可以使他自由，独立，像自己的手脚的那么一辆车。有了自己的车，他可以不再受拴车的人们的气，也无须敷衍别人；有自己的力气与洋车，睁开眼就可以有饭吃。

他不怕吃苦，也没有一般洋车夫的可以原谅而不便效法的恶习，他的聪明和努力都足以使他的志愿成为事实。假若他的环境好一些，或多受着点教育，他一定不会落在“胶皮

团”[1]里，而且无论是干什么，他总不会辜负了他的机会。不幸，他必须拉洋车；好，在这个营生里他也证明出他的能力与聪明。他仿佛就是在地狱里也能作个好鬼似的。生长在乡间，失去了父母与几亩薄田，十八岁的时候便跑到城里来。带着乡间小伙子的足壮与诚实，凡是以卖力气就能吃饭的事他几乎全作过了。可是，不久他就看出来，拉车是件更容易挣钱的事；作别的苦工，收入是有限的；拉车多着一些变化与机会，不知道在什么时候与地点就会遇到一些多于所希望的报酬。自然，他也晓得这样的机遇不完全出于偶然，而必须人与车都得漂亮精神，有货可卖才能遇到识货的人。想了一想，他相信自己有那个资格：他有力气，年纪正轻；所差的是他还没有跑过，与不敢一上手就拉漂亮的车。但这不是不能胜过的困难，有他的身体与力气作基础，他只要试验个十天半月的，就一定能跑得有个样子，然后去赁辆新车，说不定很快的就能拉上包车，然后省吃俭用的一年二年，即使是三四年，他必能自己打上一辆车，顶漂亮的车！看着自己的青年的肌肉，他以为这只是时间的问题，这是必能达到的一个志愿与目的，绝不是梦想！

他的身量与筋肉都发展到年岁前边去；二十来的岁，他

1 胶皮团，指拉车这一行业。

已经很大很高，虽然肢体还没被年月铸成一定的格局，可是已经像个成人了——一个脸上身上都带出天真淘气的样子的大人。看着那高等的车夫，他计划着怎样杀进他的腰去，好更显出他的铁扇面似的胸，与直硬的背；扭头看看自己的肩，多么宽，多么威严！杀好了腰，再穿上肥腿的白裤，裤脚用鸡肠子带儿系住，露出那对“出号”的大脚！是的，他无疑的可以成为最出色的车夫；傻子似的他自己笑了。

他没有什么模样，使他可爱的是脸上的精神。头不很大，圆眼，肉鼻子，两条眉很短很粗，头上永远剃得发亮。腮上没有多余的肉，脖子可是几乎与头一边儿粗；脸上永远红扑扑的，特别亮的是颧骨与右耳之间一块不小的疤——小时候在树下睡觉，被驴啃了一口。他不甚注意他的模样，他爱自己的脸正如同他爱自己的身体，都那么结实硬棒；他把脸仿佛算在四肢之内，只要硬棒就好。是的，到城里以后，他还能头朝下，倒着立半天。这样立着，他觉得，他就很像一棵树，上下没有一个地方不挺脱的。

他确乎有点像一棵树，坚壮，沉默，而又有生气。他有自己的打算，有些心眼，但不好向别人讲论。在洋车夫里，个人的委屈与困难是公众的话料，“车口儿”上，小茶馆中，大杂院里，每人报告着形容着或吵嚷着自己的事，而后这些

事成为大家的财产，像民歌似的由一处传到一处。祥子是乡下人，口齿没有城里人那么灵便；设若口齿灵利是出于天才，他天生来的不愿多说话，所以也不愿学着城里人的贫嘴恶舌。他的事他知道，不喜欢和别人讨论。因为嘴常闲着，所以他有工夫去思想，他的眼仿佛是老看着自己的心。只要他的主意打定，他便随着心中所开开的那条路儿走；假若走不通的话，他能一两天不出一声，咬着牙，好似咬着自己的心！

他决定去拉车，就拉车去了。赁了辆破车，他先练练腿。第一天没拉着什么钱。第二天的生意不错，可是躺了两天，他的脚脖子肿得像两条瓠子似的，再也抬不起来。他忍受着，不管是怎样的疼痛。他知道这是不可避免的事，这是拉车必须经过的一关。非过了这一关，他不能放胆的去跑。

脚好了之后，他敢跑了。这使他非常的痛快，因为别的没有什么可怕的了：地名他很熟习，即使有时候绕点远也没大关系，好在自己有的是力气。拉车的方法，以他干过的那些推，拉，扛，挑的经验来领会，也不算十分难。况且他有他的主意：多留神，少争胜，大概总不会出了毛病。至于讲价争座，他的嘴慢气盛，弄不过那些老油子们。知道这个短处，他干脆不大到“车口儿”上去；哪里没车，他放在哪里。在这僻静的地点，他可以从容的讲价，而且有时候不肯要价，只说声："坐上吧，瞧着给！"他的样子是那么诚实，脸上是那么简单可爱，人们好像只好信任他，不敢想这个傻大个子是会敲人的。即使人们疑心，也只能怀疑他是新到城里来的乡下老儿，大概不认识路，所以讲不出价钱来。及至人们问到，"认识呀？"他就又像装傻，又像要俏的那么一笑，使人们不知怎样才好。

两三个星期的工夫，他把腿溜出来了。他晓得自己的跑法很好看。跑法是车夫的能力与资格的证据。那撇着脚，像一对蒲扇在地上扇乎的，无疑的是刚由乡间上来的新手。那头低得很深，双脚蹭地，跑和走的速度差不多，而颇有跑的表示的，是那些五十岁以上的老者们。那经验十足而没什么力气的却另有一种方法：胸向内含，度数很深；腿抬得很高；一走一探头；这样，他们就带出跑得很用力的样子，而在事实上一点也不比别人快；他们仗着"作派"去维持自己的尊严。祥子当然决不采取这几种姿态。他的腿长步大，腰里非常的稳，跑起来没有多少响声，步步都有些伸缩，车把不动，使座儿觉到安全，舒服。说站住，不论在跑得多么快的时候，大脚在地上轻蹭两蹭，就站住了；他的力气似乎能达到车的各部分。脊背微俯，双手松松拢住车把，他活动，利落，准确；看不出急促而跑得很快，快而没有危险。就是在拉包车

的里面，这也得算很名贵的。

他换了新车。从一换车那天，他就打听明白了，像他赁的那辆——弓子软，铜活地道，雨布大帘，双灯，细脖大铜喇叭——值一百出头；若是漆工与铜活含忽一点呢，一百元便可以打住。大概的说吧，他只要有一百块钱，就能弄一辆车。猛然一想，一天要是能剩一角的话，一百元就是一千天，一千天！把一千天堆到一块儿，他几乎算不过来这该有多么远。但是，他下了决心，一千天，一万天也好，他得买车！第一步他应当，他想好了，去拉包车。遇上交际多，饭局多的主儿，平均一月有上十来个饭局，他就可以白落两三块的车饭钱。加上他每月再省出个块儿八角的，也许是三头五块的，一年就能剩出五六十块！这样，他的希望就近便多多了。他不吃烟，不喝酒，不赌钱，没有任何嗜好，没有家庭的累赘，只要他自己肯咬牙，事儿就没有个不成。他对自己起下了誓，一年半的工夫，他——祥子——非打成自己的车不可！是现打的，不要旧车见过新的。

他真拉上了包月。可是，事实并不完全帮助希望。不错，他确是咬了牙，但是到了一年半他并没还上那个愿。包车确是拉上了，而且谨慎小心的看着事情；不幸，世上的事并不是一面儿的。他自管小心他的，东家并不因此就不辞他；不定是三两个月，还是十天八天，吹了！他得另去找事。自然，他得一边找事，还得一边拉散座；骑马找马，他不能闲起来。在这种时节，他常常闹错儿。他还强打着精神，不专为混一天的嚼谷，而且要继续着积储买车的钱。可是强打精神永远不是件妥当的事：拉起车来，他不能专心一志的跑，好像老想着些什么，越想便越害怕，越气不平。假若老这么下去，几时才能买上车呢？为什么这样呢？难道自己还算个不要强的？在这么乱想的时候，他忘了素日的谨慎。皮轮子上了碎铜烂磁片，放了炮；只好收车。更严重一些的，有时候碰了行人，甚至有一次因急于挤过去而把车轴盖碰丢了。设若他是拉着包车，这些错儿绝不能发生；一搁下了事，他心中不痛快，便有点楞头磕脑的。碰坏了车，自然要赔钱；这更使他焦躁，火上加了油；为怕惹出更大的祸，他有时候懊睡一整天。及至睁开眼，一天的工夫已白白过去，他又后悔，自恨。还有呢，在这种时期，他越着急便越自苦，吃喝越没规则；他以为自己是铁作的，可是敢情他也会病。病了，他舍不得钱去买药，自己硬挺着；结果，病越来越重，不但得买药，而且得一气儿休息好几天。这些个困难，使他更咬牙努力，可是买车的钱数一点不因此而加快的凑足。

整整的三年，他凑足了一百块钱！

他不能再等了。原来的计划是买辆最完全最新式最可心的车，现在只好按着一百块钱说了。不能再等；万一出点什么事再丢失几块呢！恰巧有辆刚打好的车——定作而没钱取货的——跟他所期望的车差不甚多；本来值一百多，可是因为定钱放弃了，车铺愿意少要一点。祥子的脸通红，手哆嗦着，拍出九十六块钱来："我要这辆车！"铺主打算挤到个整数，说了不知多少话，把他的车拉出去又拉进来，支开棚子，又放下，按按喇叭，每一个动作都伴着一大串最好的形容词；最后还在钢轮条上踢了两脚，"听听声儿吧，铃铛似的！拉去吧，你就是把车拉碎了，要是钢条软了一根，你拿回来，把它摔在我脸上！一百块，少一分咱们吹！"祥子把钱又数了一遍："我要这辆车，九十六！"铺主知道是遇见了一个心眼的人，看看钱，看看祥子，叹了口气："交个朋友，车算你的了；保六个月：除非你把大箱碰碎，我都白给修理；保单，拿着！"

祥子的手哆嗦得更厉害了，揣起保单，拉起车，几乎要哭出来。拉到个僻静地方，细细端详自己的车，在漆板上试着照照自己的脸！越看越可爱，就是那不尽合自己的理想的地方也都可以原谅了，因为已经是自己的车了。把车看得似乎暂时可以休息会儿了，他坐在了水簸箕的新脚垫儿上，看着车把上的发亮的黄铜喇叭。他忽然想起来，今年是二十二岁。因为父母死得早，他忘了生日是在哪一天。自从到城里来，他没过一次生日。好吧，今天买上了新车，就算是生日吧，人的也是车的，好记，而且车既是自己的心血，简直没什么不可以把人与车算在一块的地方。

怎样过这个“双寿”呢？祥子有主意：头一个买卖必须拉个穿得体面的人，绝对不能是个女的。最好是拉到前门，其次是东安市场。拉到了，他应当在最好的饭摊上吃顿饭，如热烧饼夹爆羊肉之类的东西。吃完，有好买卖呢就再拉一两个；没有呢，就收车；这是生日！

自从有了这辆车，他的生活过得越来越起劲了。拉包月也好，拉散座也好，他天天用不着为“车份儿”着急，拉多少钱全是自己的。心里舒服，对人就更和气，买卖也就更顺心。拉了半年，他的希望更大了：照这样下去，干上二年，至多二年，他就又可以买辆车，一辆，两辆……他也可以开车厂子了！

可是，希望多半落空，祥子的也非例外。

题目为编者加。选自小说《骆驼祥子》

学徒

读书的人，据我这粗人看，永远不会懂得

这个

一

我幼年读过书，虽然不多，可是足够读七侠五义与三国志演义什么的。我记得好几段聊斋，到如今还能说得很齐全动听，不但听的人都夸奖我的记性好，连我自己也觉得应该高兴。可是，我并念不懂聊斋的原文，那太深了；我所记得的几段，都是由小报上的“评讲聊斋”念来的——把原文变成白话，又添上些逗哏打趣，实在有个意思！

我的字写得也不坏。拿我的字和老年间衙门里的公文比一比，论个儿的匀适，墨色的光润，与行列的齐整，我实在相信我可以作个很好的“笔帖式”。自然我不敢高攀，说我有写奏折的本领，可是眼前的通常公文是准保能写到好处的。

凭我认字与写的本事，我本该去当差。当差虽不见得一定能增光耀祖，但是至少也比作别的事更体面些。况且呢，差事不管大小，多少总有个升腾。我看见不止一位了，官职很大，可是那笔字还不如我的好呢，连句整话都说不出来。这样的人既能作高官，我怎么不能呢？

可是，当我十五岁的时候，家里教我去学徒。五行八作，行行出状元，学手艺原不是什么低搭的事；不过比较当差稍差点劲罢了。学手艺，一辈子逃不出手艺人去，即使能大发财源，也高不过大官儿不是？可是我并没和家里闹别扭，就去学徒了；十五岁的人，自然没有多少主意。况且家里老人还说，学满了艺，能挣上钱，就给我说亲事。在当时，我想象着结婚必是件有趣的事。那么，吃上二三年的苦，而后大人似的去要手艺挣钱，家里再有个小媳妇，大概也很下得去了。

我学的是裱糊匠。在那太平年月，裱糊匠是不愁没饭吃的。那时候，死一个人不像现在这么省事。这可并不是说，老年间的人要翻来覆去的死好几回，不干脆的一下子断了气。我是说，那时候死人，丧家要拼命的花钱，一点不惜

力气与金钱的讲排场。就拿与冥衣铺有关系的事来说吧，就得花上老些个钱。人一断气，马上就得去糊“倒头车”——现在，连这个名词也许有好多人不晓得了。紧跟着便是“接三”，必定有些烧活：车轿骡马，墩箱灵人，引魂幡，灵花等等。要是害月子病死的，还必须另糊一头牛，和一个鸡罩。赶到“一七”念经，又得糊楼库，金山银山，尺头元宝，四季衣服，四季花草，古玩陈设，各样木器。及至出殡，纸亭纸架之外，还有许多烧活，至不济也得弄一对“童儿”举着。“五七”烧伞，六十天糊船桥。一个死人到六十天后才和我们裱糊匠脱离关系，一年之中，死那么十来个有钱的人，我们便有了吃喝。

裱糊匠并不专伺候死人，我们也伺候神仙。早年间的神仙不像如今晚儿的这样寒碜，就拿关老爷说吧，早年间每到六月二十四，人们必给他糊黄幡宝盖，马童马匹，和七星大旗什么的。现在，几乎没有人再惦记着关公了！遇上闹“天花”，我们又得为娘娘们忙一阵。九位娘娘得糊九顶轿子，红马黄马各一匹，九份凤冠霞帔，还得预备痘哥哥痘姐姐们的袍带靴帽，和各样执事。如今，医院都施种牛痘，娘娘们无事可作，裱糊匠也就陪着她们闲起来了。此外还有许许多多的“还愿”的事，都要糊点什么东西，可是也都随着破除迷信没人再提了。年头真是变了啊！

除了伺候神与鬼外，我们这行自然也为活人作些事。这叫作“白活”，就是给人家糊顶棚。早年间没有洋房，每遇到搬家，娶媳妇，或别项喜事，总要把房间糊得四白落地，好显出焕然一新的气象。那大富之家，连春秋两季糊窗子也雇用我们。人是一天穷似一天了，搬家不一定糊棚顶，而那些有钱的呢，房子改为洋式的，棚顶抹灰，一劳永逸；窗子改成玻璃的，也用不着再糊上纸或纱。什么都是洋式好，要手艺的可就没了饭吃。我们自己也不是不努力呀，洋车时行，我们就照样糊洋车；汽车时行，我们就糊汽车，我们知道改良。可是有几家死了人来糊一辆洋车或汽车呢？年头一旦大改良起来，我们的小改良全算白饶，水大漫不过鸭子去，有什么法儿呢！

二

上面交代过了：我若是始终仗着那份手艺吃饭，恐怕就早已饿死了。不过，这点本事虽不能永远有用，可是三年的学艺并非没有很大的好处，这点好处教我一辈子享用不尽。我可以撂下家伙，干别的营生去；这点好处可是老跟着我。就是我死后，有人谈到我的为人如何，他们也必须要记得我

少年曾学过三年徒。

学徒的意思是一半学手艺，一半学规矩。在初到铺子去的时候，不论是谁也得害怕，铺中的规矩就是委屈。当徒弟的得晚睡早起，得听一切的指挥与使遣，得低三下四的伺候人，饥寒劳苦都得高高兴兴的受着，有眼泪往肚子里咽。像我学艺的所在，铺子也就是掌柜的家；受了师傅的，还得受师母的，夹板儿气！能挺过这么三年，顶倔强的人也得软了，顶软和的人也得硬了；我简直的可以这么说，一个学徒的脾性不是天生带来的，而是被板子打出来的；像打铁一样，要打什么东西便成什么东西。

在当时正挨打受气的那一会儿，我真想去寻死，那种气简直不是人所受得住的！但是，现在想起来，这种规矩与调教实在值金子。受过这种排练，天下便没有什么受不了的事啦。随便提一样吧，比方说教我去当兵，好哇，我可以作个满好的兵。军队的操演有时有会儿，而学徒们是除了睡觉没有任何休息时间的。我抓着工夫去出恭，一边蹲着一边就能打个盹儿，因为遇上赶夜活的时候，我一天一夜只能睡上三四点钟的觉。我能一口吞下去一顿饭，刚端起饭碗，不是师傅喊，就是师娘叫，要不然便是有照顾主儿来定活，我得恭而敬之的招待，并且细心听着师傅怎样论活讨价钱。不把饭整吞下去怎办呢？这种排练教我遇到什么苦处都能硬挺，外带着还是挺和气。读书的人，据我这粗人看，永远不会懂得这个。现在的洋学堂里开运动会，学生跑上两个圈就仿佛有了汗马功劳一般，喝！又是搀着，又是抱着，往大腿上拍火酒，还闹脾气，还坐汽车！这样的公子哥儿哪懂得什么叫作规矩，哪叫排练呢？话往回来说，我所受的苦处给我打下了作事任劳任怨的底子，我永远不肯闲着，作起活来永不晓得闹脾气，要别扭，我能和大兵们一样受苦，而大兵们不能像我这么和气。

再拿件实事来证明这个吧：在我学成出师以后，我和别的耍手艺的一样，为表明自己是凭本事挣钱的人，第一我先买了根烟袋，只要一闲着便捻上一袋吧唧着，仿佛很有身分，慢慢的，我又学了喝酒，时常弄两盅猫尿咂着嘴儿抿几口。嗜好就怕开了头，会了一样就不难学第二样，反正都是个玩艺吧咧。这可也就出了毛病。我爱烟爱酒，原本不算什么稀奇的事，大家伙儿都差不多是这样。可是，我一来二去的学会了吃大烟。那个年月，鸦片烟不犯私，非常的便宜；我先是吸着玩，后来可就上了瘾。不久，我便觉出手紧来了，作事也不似先前那么上劲了。我并没等谁劝告我，不但戒了大烟，而且把旱烟袋也撅了，从此烟酒不动！我入了“理门”。

入理门，烟酒都不准动；一旦破戒，必走背运。所以我不但戒了嗜好，而且入了理门；背运在那儿等着我，我怎肯再犯戒呢？这点心胸与硬气，如今想起来，还是由学徒得来的。多大的苦处我都能忍受。初一戒烟戒酒，看着别人吸，别人饮，多么难过呢！心里真像有一千条小虫爬挠那么痒痒触触的难过。但是我不能破戒，怕走背运。其实背运不背运的，都是日后的事，眼前的罪过可是不好受呀！硬挺，只有硬挺才能成功，怕走背运还在其次。我居然挺过来了，因为我学过徒，受过排练呀！

提到我的手艺来，我也觉得学徒三年的光阴并没白费了。凡是一门手艺，都得随时改良，方法是死的，运用可是活的。三十年前的瓦匠，讲究会磨砖对缝，作细工儿活；现在，他得会用洋灰和包镶人造石什么的。三十年前的木匠，讲究会雕花刻木，现在得会造洋式木器。我们这行也如此，不过比别的行业更活动。我们这行讲究看见什么就能糊什么。比方说，人家落了丧事，教我们糊一桌全席，我们就能糊出鸡鸭鱼肉来。赶上人家死了未出阁的姑娘，教我们糊一全份嫁妆，不管是四十八抬，还是三十二抬，我们便能由粉罐油瓶一直糊到衣橱穿衣镜。眼睛一看，手就能模仿下来，这是我们的本事。我们的本事不大，可是得有点聪明，一个心窟窿的人绝不会成个好裱糊匠。

这样，我们作活，一边工作也一边游戏，仿佛是。我们的成败全仗着怎么把各色的纸调动的合适，这是要心路的事儿。以我自己说，我有点小聪明。在学徒时候所挨的打，很少是为学不上活来，而多半是因为我有聪明而好调皮不听话。我的聪明也许一点也显露不出来，假若我是去学打铁，或是拉大锯——老那么打，老那么拉，一点变动没有。幸而我学了裱糊匠，把基本的技能学会了以后，我便开始自出花样，怎么灵巧逼真我怎么作。有时候我白费了许多工夫与材料，而作不出我所想到的东西，可是这更教我加紧的去揣摸，去调动，非把它作成不可。这个，真是个好习惯。有聪明，而且知道用聪明，我必须感谢这三年的学徒，在这三年养成了我会用自己的聪明的习惯。诚然，我一辈子没作过大事，但是无论什么事，只要是平常人能作的，我一瞧就能明白个五六成。我会砌墙，栽树，修理钟表，看皮货的真假，合婚择日，知道五行八作的行话上诀窍……这些，我都没学过，只凭我的眼去看，我的手去试验；我有勤苦耐劳与多看多学的习惯；这个习惯是在冥衣铺学徒三年养成的。到如今我才明白过来——我已是快饿死的人了！——假若我多读上几年书，只抱着书本死啃，像那些秀才与学堂毕业的人们那

样，我也许一辈子就糊糊涂涂的下去，而什么也不晓得呢！裱糊的手艺没有给我带来官职和财产，可是它让我活的很有趣；穷，但是有趣，有点人味儿。

题目为编者加。选自《我这一辈子》，

原载1937年7月1日《文学》第九卷第一卷

恋

他独自默想，可有什么足以夸耀于人的事呢？

在成都的西龙王街，北平的琉璃厂与早市夜市，济南的布政司街，我们都常常的可以看到两种人。第一种是规规矩矩，谨谨慎慎，与常人无异的；他们假若有一点异于常人的地方，就是他们喜欢收藏字画，铜器，或图章什么的。这点嗜好正像爱花，爱狗，或爱蟋蟀那样的不足为奇。以职业而言，他们也许是公务人员，也许是中学教师。有时候，我们也看见律师或医生，在闲暇的时候去搜检一些小小的珍宝。这些人大致都有点学识。他们的学识使他们能规规矩矩的挣饭吃。他们有的挣得钱多，有的挣得钱少，但他们都是手中一有了余钱，便化费在使他们心中喜悦而又增加一些风雅的

作者：孙之儁。原载1942年9月1日《时事画报》第81期。

东西上。有时候，他们也不惜借几块钱，或当两件衣服，好使那爱不释手的玩艺能印上自己的图章，假若那是件可以印上图章的物件。

第二种人便不是这样了。他们收藏，可也贩卖。他们看着似乎很风雅，可是心中却与商人没什么差别。他们的收藏差不多等于囤积。

现在我们要介绍的庄亦雅先生是属于第一种的。

庄先生是济南的一位小绅士。他之取得绅士的地位，绝不是因为他有多少财产，也不是因他的前辈作过什么大官。他不过是个普通的大学毕业生，有时候作作科员，有时候去当当中学教师。但是，对人对事都有一份热心，无论是在机关里，还是学校里，他总是个受人之托，劳而无怨的人。他不见得准能把事办得很漂亮，但是他肯于帮朋友的忙。事情办多，他便有了经验。社会上大家都是懒惰的，往往因为自己偷懒，而把别人的一分经验看成十分。因此，庄先生成为亲友中的重要的人，成为商店饭馆的熟客，成为地方上的小绅士。

从大体上说，他是个好人。从大体上说，他也是个体面的人。中等身材，圆圆的脸，两个极黑极亮的眼珠，常常看着自己的胸和鼻子，好像怕人家说他太锋芒外露似的。他的

腿很短，而走路很快，终日老像忙得不得了的样子。有时候，他穿中山装；有时候，他穿大褂；材料都不大好，可是全很整洁。襟上老挂着个徽章。

他结了婚，没有儿女。太太可是住在离城四十多里的乡村里。因为事多，他不常常下乡，偶尔回一次家，朋友们便都感觉得寂寞，等到他一回来，他的重要就又增加了许多。有好多好多事都等着他的短腿去奔跑呢。

虽然走得很快，他的时时打量着自己胸部或鼻子的眼可是很尖锐。路旁旧货摊上的一张旧黄纸，或是一个破扇面，都会使他从老远就刹住脚步，慢慢的凑到摊前，然后好像是绝对偶然立住。他爱字画。先随手的摸摸这个，动动那个，然后笑一笑，问问价钱。最后，才顺手把那张旧纸或扇面拿起来，看看，摇摇头，放下；走出两步，回头问问价钱，或开口就说出价钱：“这个破扇面，给五毛钱吧。”

块儿八毛的，一块两块的，他把那些满是虫孔的，乌七八黑的，褶皱的像老太婆的脸似的宝贝，拿回去。晚上，他锁好了屋门，才翻过来掉过去的去欣赏，然后编了号数，极用心的打上图章，放在一只大楠木箱里。这点小小的辛苦，会给他一些愉快的疲乏，使他满意的躺在床上，连梦境都有些古色古香似的。

大小布政司街的古玩铺，他也时常的进去看看。对于那些完整的，有名的，成千成百论价的，作品，他只能抱着歉意的饱一饱眼福。看罢，惭愧的一笑，而后毕恭毕敬的卷好，交还人家。他只能买那值三五块钱的“残篇断简”，或是没有行市的小名家的作品。每逢进到这些满目琳琅的铺子里，他就感到自己的寒酸。他本来没有什么野心，但是一进古玩店，他便想到假若发了财，把那几幅最名贵的字画买回家去，盖上自己的图章，该是多么得意的事呀！

“看一看”便是主顾，这是北方商家的生意经。虽然庄先生只“看”贵的，而买贱的，商人家可并不因此而慢待了他。他们愿意他来看，好给他们作义务宣传。同时，他们有便宜而并不假的东西，还特意的给他留着。他们知道“爱”是会生长的东西，只要他不断的买小件，有那么一天他必肯买一件大的。

一来二去，庄先生成了好几家古玩铺的朋友。香烟热茶，不用说，是每去必有了；他们还有时候约他吃老酒呢。他不再惭愧。果然不出所料，他给他们介绍了生意。那些有钱而实在无处去化的人，到最后想到买几幅字画，或几件古董，来作富户的商标。他们钻天觅缝的找行家，去代他们作义务的买办，唯恐化了冤枉钱。很自然的，他们找到庄亦雅先

生——既是绅士，又肯帮忙，而且懂眼。

在作这种义务买办的时候，庄先生感到了兴奋与满意。打开，卷起，再打开；一张名画经他看多少次，摸多少回，每回都给他带来欣悦，都使他增加一些眼力与知识。在生意成交之后，买主卖主都请他吃酒。吃酒事小，大家畅谈倒事大，他从大家的口中又得到许多知识。再说，几次生意成交之后，他的地位也增高了许多。可以大胆的拒绝商人们特意给他保留着的小物件了。“这两天手里没闲钱，”或是“过两天再说吧！”他这样的表示出，你们不能塞给我什么，我就拿什么，我也有眼力。为应付这个，商人们又打了个好主意，把他称作“收藏山东小名家的专家”。以庄先生的财力，收藏家这头衔是永远加不到他身上的。而今，他居然被称为收藏家了，于是也就不管那个称号里边所含的讽刺，而坦然的领受了。

有了这个头衔以后，庄先生想名符其实的真去作个专家。他开始注意山东省的小名家，而且另制了一只箱子，专藏这路的作品。现在，他肯化一二十块，甚至三十块钱，买一张字或画了，只要那是他手中还没有的乡贤的手迹。他不惜和朋友们借债，或把大衣送到当铺去；要作个专家就不能不放开一点胆子喽。这些作品的本身未必都有艺术的价值，搁在以前，他也许连看也不要看，但是现在他要化十块二十块的去买来了。收藏是收藏，他可以，甚至应当，和艺术的价值分离，而成为一种特异的，独立的，嗜癖与欣悦。

在以前，那用三毛两毛买来的破纸烂画的上面，也许只有一朵小花，或两三个字，是完整的，看得清楚的。但是那的确是一朵美丽的花，或可爱的字。他真喜爱它们，看了还要再看。他锁上房门去看它们，一来是为避免别人来打搅，二来也是怕别人笑他。自从得了专家的称呼，他不但不再锁起门来，而且故意的使大家知道了。每逢得到一件新的小宝物，他的屋里便拥满了人。他的极黑极亮的眼珠不再看着自己的鼻子，而是兴奋的乱转，腮上泛起两朵红的云。他多少还有点腼腆，但是在轻咳过一两次后，他的胆子完全壮了起来。他给他们讲说那小名家的历史，作风，和字或画上的图章与题跋。他不批评作品的好坏，而等着别人点头称赞。假若大家看完，默默不语，他就再给大家讲说，暗示出凡是老的，必是好的，而且名家——即使是小名家——的手下是没有劣品的。他的话很多，他的心跳得很快，直到大家都承认了那是张杰作的时候，他才含笑的把它卷好，轻轻放下；眼珠又去看看鼻子。

他的收入，好几年没有什么显然的增减。他似乎并不怎

样爱钱。假若不是为买字画，他满可以永远不考虑金钱的问题。他有教书或作事的本领，而且相当的真诚，又没有什么不良的嗜好，在他想，顾虑生计简直是多此一举。

自从被称为专家，他感到生活增加了趣味与价值，在另一方面可是有点恨自己无能，不能挣更多的钱，买更好的字画。虽然如此，他可是不肯把字画转手，去赚些钱。好吧坏吧，那是他的收藏，将来也许随着他入了棺材，而绝对不能出卖。他不是商人。有时候，他会狠心的送给朋友一张画，或一幅字，可是永没有卖过。至多，他想，他只能兼一份差事，去增加些收入。但是事情多了，他便无暇去溜山水沟，和到布政司街去饱眼福。他需要空闲，因为每一张东西都须一口气看几个钟头。

既不能开源，他只好节流。这可就苦了他的太太。本来就不大爱回家，现在他更减少了回去的次数。这样，每逢休假的日子，他可以去到古玩铺或到有同好的朋友的家中去坐一整天；要不然，就打开箱子，把所有的收藏都细看一遍，甚至于忘了吃饭。同时，他省下回家来往的路费与零钱。对家中的日用，他狠心的缩减。虽然他也感到一点惭愧，可是细一想呢，欺侮自己的太太总比作别的亏心事要好的多。

在七七抗战那年的春天，朋友们给庄亦雅贺了四十的寿日。他似乎一向没有想过他的年纪，及至朋友们来到，他仿佛才明白自己确是四十岁的人了。他是个没有远大的志愿与无谓的顾虑的人，可是当贺寿的人们散了以后，他也不由的有点感触。四十岁了，他独自默想，可有什么足以夸耀于人的事呢？想来想去，只有一件。几年来，他已搜集了一百多家山东小名家的字画。这的确是一点成绩。前些日子，杨可昌——济南的一位我们所谓的第二种收藏家——居然带来两个日本人来看他的收藏。当时，他并没感到什么得意。反之，那些破纸烂画使他有点不好意思拿出来。可是，在四十的寿日这天一想，这的确有很大的意义。他跑腿化钱，并不是浪费。即使那些东西是那么破烂不堪，但是想想看吧，全国里有谁，有谁，收藏着一百多家山东的小名家呢？没有第二份！连日本人都来参观，哼，他的这点收藏已使他有了国际的声誉！他闭上了眼，细细的，反复前后的想，想把这点事看轻，看成不值一笑的事体。然而，这却千真万确，日本人注意到他的收藏是一点也不假。即使自己过火的谦虚，而事实总是事实。想到这里，他在惭愧，感慨，无可如何之中，感到了一点满意。生平没有别的建树，却“歪打正着”的成为收藏家，也就不错。这一生总算没有白活。人死留名，雁过留声呀！为招待亲友，他也很疲乏，但是想到这里，他又兴奋起来，把那一百多家的作品要从新看一遍。拿起任何一张，他都不忍释手，好像它们又比初买的时候美好了多少倍。就是那些虫孔都另有一种美丽，那些尘土都另有一种香味。看到第三十二张，他抱着它睡去了。

寿日的第二天，他发了个新的誓愿：我，庄亦雅，要有一件真值钱的东西！

夏初，一家小古玩商得到一张石谿的大幅山水，杨可昌与庄亦雅前后得到了消息。杨先生想赚一笔钱，庄先生想化一笔钱买过来，作传家之宝。那张山水画得极好，裱工也讲究，可惜在左下角有图章的地方残缺了一块。图章是看不见了；缺少的一角画面却被不知哪个多事的人补上几笔，补得很恶劣。杨先生是迷信图章的。既无图章，而补的那几笔又是那么明显的恶劣，所以他断定那幅画是假的。虽然他也知道那是张精品。在鉴赏之外，自然他还另有作用。他想用假画的价钱买过来，而后转手卖给日本人。他知道，那张画确是不错；而且，即使是假的，日本人也肯出相当高价买去，因为石谿在东洋正有极大的行市。

杨先生是济南鉴别古董的权威，而好玩古董的人多数又自己没长着眼睛，于是石谿的那张画便成了大家开心的东西。“去看看假石谿呀！”当他们没有事的时候，就这样去与那位小古玩商开个小玩笑。来看的人很多，而没有出价钱的——谁肯出钱买假东西呢？

最后，杨先生，看时机已熟，递了个价——二百五十元，不卖拉倒。他心中很快活，因为他一转手就起码能卖八百元，干赚五六百！

庄先生也看准了那张画。跑了不知多少次，看了不知多少回，他断定那一定是真的。每看一次，他的自信心便增高一分，要买到手里的决定也坚强了一些。但是，每看一次，他的难过也增加了许多。他没有钱。

有好几天，他坐卧不安，翻来复去的自己叨唠："收藏贵精不贵多！石谿！石谿！有一张石谿岂不比这两箱陈谷子烂芝麻强？强的多！这两箱子算什么？有一张石谿才镇得住呀！哪怕从此以后绝对，绝对不再买任何东西呢，这张石谿非拿来不可……"他想去借钱，又不好意思。当衣服？没有值钱的。怎办呢？怎办呢？

及至听到杨先生出了二百五十元的价，他不能再考虑，不能再坐。一口气，他跑到小古玩店。他的手心出着汗，心房嘣嘣的乱跳，越要镇静，心中越慌，说话都有点结巴：

"我，我，我再看看那张假石谿！"

画儿打开。他看不清。眼前似乎有一片热雾遮着。其实

他用不着再看，闭着眼他也记得画上的一切，楞了一会儿，他低声的说：

“我给五百！明天交钱！怎样？”

他闭住气等待回答，像囚犯等着死刑的宣判似的。好容易，他得到了商家的“好吧”两个字。他昏迷了一小会儿。然后疯也似的跑回家，把太太的金银首饰，不容分说的，一股拢总都抢过来，飞快的又往回跑。

他得到了那张画。

可是，也和杨先生结了仇。

杨先生，因为没得到那件赚钱的货物，到处去宣传庄亦雅是如何可笑的假内行，花五百元买了一张假画。全济南的收藏家几乎都拿这件事作为茶余酒后说笑话的好资料，弄得庄亦雅再也不敢在光天化日之下去逛古玩铺。可是，他并不妥协，既不肯因闲话而看轻那张画，也不肯因恢复名誉而把画偷偷的再卖出去，他仍旧相信，他是用最低的价钱得到一幅杰作。

在六月间，由北平下来一位姓卢的鉴赏家。卢先生的声望是国际的，字画上只要有他的图章，就是欧美的收藏家也不敢微微的摇一摇头。庄亦雅把那张石谿拿去给卢先生看，卢先生没说什么，给画上打了个图章。等庄亦雅抱着画要走的时候，卢先生才很随便的问了声：“我给你一千二，你肯让给我不呢？”庄亦雅没敢回答什么，只把画儿抱紧了一些。“没关系！”卢先生表示了决不夺人所好。庄亦雅抱歉的，高兴的惶惑而兴奋的，告了辞。

杨可昌低声下气的来看庄亦雅。他知道自己的眼力与声誉远不及卢先生。卢先生既说那张石谿是真的，他自己要是再说它是假的，简直就是自己打碎自己的饭碗。他想对庄亦雅说明，他以前的话不过是朋友们开开小玩笑，请庄先生不要认真。庄亦雅没有见他！

七七抗战。济南也与其他的地方一样，感到极度的兴奋。庄亦雅也与别人一样，受了极大的刺激，日夜期待着胜利的消息。

消息，可是，越来越不好。最使人不安的是车站上的慌乱与拥挤。谁也不知道上哪里去好，而大家都想动一动；车站上成为纷乱与动摇的中心。庄先生看着朋友们匆匆的逃往上海，青岛，南山，而后又各处逃了回来。他心中极其不安，但是不敢轻意的逃走，他是济南人，他舍不得老家。再说，即使想逃，应当跑到哪里去呢？逃出去，怎样维持生活呢？他决定看一看再说。好在自己还没有儿女，等到非跑不可的时候，他和太太总会临时想主意的。

沧州沦陷了，德州撤守了，敌机到了头上，泺口炸死了

人，千佛山上开了高射炮。消息很乱，谣言比消息更乱。庄亦雅决定先下乡躲一躲。别的且不讲，他怕那两箱子画和石谿毁灭在炸弹下。腋下夹着石谿，背上负着一大包袱小名家，他挤出城去。雇不着车子。步行了十里。听到前边有匪。他飞快的往回跑。跑回来，他在屋中乱转了有十分钟。他不为自己忧虑什么；对太太，他简直的不去费什么心思。乡下人有几亩地，地不会被炮火打碎，用不着关心。他只愁石谿与那些小名家没有安全的地方去安置。又警报了。他抱着那些字画藏在了桌子底下。远处有轰炸的声响。他心里说："炸！炸吧！要死，我教这些字画殉了葬！"

敌人已越过德州，可是"保境安民"的谣言又给庄亦雅一点希望。他并非完全没有爱国的心，他不愿听这类可耻的谣言。可是，为了自己心爱的东西，仿佛投降也未为不可。

杨可昌来看了他一次，劝他卖出那张石谿，作为路费，及早的逃走。"你不能和我比，"他劝告庄先生，"我是纯粹的收藏家，东洋人晓得。你，你作过公务人员和教员，知识分子，东洋人来到，非杀你的头不可！"

"杀头？"庄亦雅楞了一会儿。"杀头就杀头，我不能放手我的石谿！"

杨可昌走后，庄先生决定不带着太太，而只带着石谿与山东小名家逃出去。但是，走不成。敌机天天炸火车。自己没关系，石谿比什么也要紧。他须再等一等。

敌人到了。他并不十分后悔。每天，他抱着石谿等候日本人，自言自语的说：“来吧！我和石谿死在一处！”

等来等去，又把杨先生等来了。

庄亦雅，本是个最心平气和的人，现在发了怒。这些日子所受的惊恐与痛苦，要一股脑儿在杨可昌身上发泄出来：“你又干吗来了？国都快亡了，你还想赚钱吗？”

“不必生气，”杨可昌笑着说，“听我慢慢的说。你知道东洋人最精细，咱们谁手里收藏着什么，他们全知道。他们知道你有石谿。他们的军队到，文人也到。挨家收取古物。你要脑袋呢，交出画来。要画呢，牺牲了脑袋！”

“好！我的脑袋，我的画都是我自己的！请不必替我担心！”

“你真算个硬汉！”

“硬不硬，用不着你夸奖！”

“别发脾气好不好？”杨先生又笑了。“告诉你吧，我不是来跟你要画，我来给你道喜！”

“道喜？你干吗跟我开这个玩笑呢？”

杨先生的脸上极严肃了：“庄先生！东洋人派我来，请你

出山，作教育局长！”

“嗯？”庄亦雅像由梦中被人唤醒似的发出这个声音来。待了一会儿，“我不能给东洋人作事！”

“我忙得很，咱们脆快的说吧。”杨先生的眼像要施行催眠术似的钉住庄亦雅的脸。“你要肯答应作局长，你可以保存这点世上无双的收藏，不但保存，东洋人还可以另送你许多好东西呢！你若是不肯呢！他们没收你的东西，还要治罪——也许有性命之忧吧！怎样？”

好大半天，庄先生说不出话来。

“怎样？”杨先生催了一板。

庄先生低着头，声音极微的说：“等我想一想！”

“要快。”

“明天我答复你！”

“现在就要答复！”杨先生看了手表，“五分钟内，给我‘是’，或是‘不是’！”

杨先生的一枝香烟吸完，又看了看表。“怎样？”

庄亦雅对着那两只收藏字画的箱子，眼中含着泪，点了点头。恋什么就死在什么上。

原载1943年3月15日《时与潮文艺》创刊特大号

一筒炮台烟

谣言都已像熟透了的樱桃，落在地上，才被他拾起来

阚进一在大学毕业后就作助教。三年的工夫，他已升为讲师。求学、作事、为人，他还像个学生；毕业、助教、讲师，都没能使他忘了以前的自己。在大学毕业的往往像姑娘出嫁，今天还是腼腆的小姐，过了一夜便须变为善于应付的媳妇。进一不这样。直到作了讲师，他的衣服仍旧是读书时代的那些，衣袋里还时常存着花生米。他不吸烟，不喝酒，不会应酬，只有吃花生米是他的嗜好。

作了讲师，他还和学生们在一块去打球和作其他的运动与操作。有时候，他也和学生们一齐站在街上吃烤红薯，因此，学生们都叫他阚大哥。课后，他的屋里老挤满了男女同学，有的问功课，有的约踢球，有的借钱，有的谈心。他的屋子很小，可是收拾得极整齐清爽。门外铺着一个破麻袋，同学们有踏了泥的，必被他勒令去在麻袋上擦鞋底。小几上有个相

当大的土磁花瓶，没有花，便插上几根青草，或一枝树叶。女同学们时常给他带来一点花。把花插好，他必亲自把青草或树叶扔在垃圾箱里去。他几乎永远不支使工友，同学们来到，他总是说一声：“请不要把东西弄乱，我给你们提开水去。”

虽然接近同学，他可是永远不敷衍他们。他授课认真，改卷认真，考试认真，因此，他可就得罪了一小部分不用功的学生。在他心里，凡是按规矩办理，就是公正无私，而公正无私就不应当引起任何人反感。他并不因为恨恶谁，才叫谁不及格。同时，他对不及格的学生表示，他极愿特别帮助他们在课外补习；因为给他们补习功课，而牺牲了他自己的运动时间也无所不可。通融办理，可是，绝对作不到。

这个公正无私的态度与办法，使他觉得他可以畅行无阻，可以毫不费心思而致天下太平。所以，他一天到晚老是快活的，像个无忧无虑的小鸟儿。

但是当他升为讲师的时候，他感到自己个儿的快乐，像孤独的一枝美丽的花，是无法拦阻暴风雨的袭来的。好几位与他地位相等的朋友，都争那个讲师的位子，他丝毫没把这件事放在心里，更不想去向谁说句好话，或折腰。他以为那是极可耻的事。

聘书落在了他的手中。这，惹恼了竞争地位的同事们，而被他得罪过的同学也随着兴风作浪。他几乎一点也不晓得，假若聘书落在别人的手中，他一定不会表示什么不满意，聘谁和不聘谁是由学校当局作主啊。所以，聘书到了他自己手中，他想别人也无话可说。可是慢慢的，女同学们全不到他的屋中来了；又过了一个时期，男同学也越来越少了。没有人来，正好，他可以安静地多读点书，他想不到风之后，会有什么大雨下来。谣言都已像熟透了的樱桃，落在地上，才被他拾起来。他有许多罪过；贪玩不好；教书，巴结学校当局，行为有乖师道。联络学生……还有引诱女生。

他是个粗壮而短矮的人，无论是立着还是躺着。他老像一根柏木桩子似的。模样长的不错，而脸色相当的黑；因此，他内心的爽朗与眉眼的端正都遮上了一片微黑的薄云。好像帮助他表示爱说话似的，他的嘴特别大。每当遇到困难问题，他的大嘴会向左边——永远向左边——歪，直到无可再歪，才又收回来。歪完了嘴而仍解决不了问题，他的第二招是用力的啃手指甲，有时候会啃出血来。

谣言的袭击，使他歪了几小时的嘴，而且咬破了手。最后，他把嘴角收回，对自己说："扯淡！辞职，不干了！"马上上了辞职书。并且，绝对不见一个朋友，一个学生。自己的事，自己拿主意，用不着宣传。

辞呈被退回来，并且附着一封慰留的信。

把文件念了两三遍，他又歪了嘴，手插在裤袋里，详细的打主意。大约有十分钟吧，他的主意已打定："谣言总是谣言。学校当局既不信谣言，而信任我，再多说什么便是故意的罗嗦！算了吧，"对自己说完了这一套，他打开了屋门与窗子，叫阳光直接射到他的黑脸上；一切都光亮起来。极快的买来一包花生米，细细的咀嚼；嚼到最香美的时候，嘴向左边歪了去。又想起个主意来，赶快结婚，岂不把引诱女生的谣言根本杜绝？对的。他给表妹董秀华打了电报去。

他知道，秀华表妹长得相当的清秀，而脾气不大很好——小气，好吵嘴。他想，只有他足以治服她的小嘴；绝对不成问题。他还记得：有一回——大概有五六年了吧——他偷偷吻了她一下，而被她打了个大嘴巴子，打的相当的疼。可是他禁得住；再疼一点也没关系。别个弱一点的男子大概就受不了，但是他自己毫不在乎，他等着回电。

等了一个星期，没有回电或快信。他冒了火。在他想，他向秀华求婚，拿句老话来说，可以算作"门当户对"。他想不出她会有什么不愿意的理由。退一步讲，即使她不愿接收他，也该快点回封信；一声不响算什么办法呢？在这一个星期里，他每天要为这件不痛快的事生上十分钟左右的气。最后他想写一封极厉害的信去教训教训秀华。歪着嘴，嚼着花生米，他写了一封长而厉害的信。写完，又朗读了一遍，他吐了口气。可是，将要加封的时候，他笑了笑，把信撕了。“何必呢！何必呢！她不回信是她不对，可是自己只去了个简单的电报，人家怎么答复呢？算了！算了！也许再等两天就会来信的。”

又过了五天，他才等到一封信——小白信封，微微有些香粉味；因为信纸是浅红的，所以信封上透出一点令人快活的颜色。信的言语可是很短，而且令人难过：“接到电报，莫名其妙！敬祝康健！秀。”

进一对着信上的“莫名其妙”楞了十多分钟。他想不出道理来，而只觉得妇女是一种奇怪的什么。买了足够把两个人都吃病的花生米，他把一位号称最明白人情的同事找来请教。

“事情成功了。”同事的告诉他。

“怎么？”

“你去电报，她迟迟不答，她是等你的信。得不到你的信，所以她说莫名其妙，催你补递情书啊。你的情书递上，大事成矣。恭喜！恭喜！”

“好麻烦！好麻烦！”进一啼笑皆非的说，可是，等朋友走后，他给秀华写了信。这是信，不是情书，因为他不会说

那些肉麻的话。

按照他的想法，恋爱、定婚、结婚，大概一共有十天就都可以完事了。可是，事情并没有这么简便干脆。秀华对每件事，即使是最小的事，也详加考虑——说“故意麻烦”也许更正确一点。“国难期间，一切从简，”在进一想，是必然的。到结婚这天，他以为，他只须理理发，刷刷皮鞋，也就满够表示郑重其事的了。可是，秀华开来的定婚礼的节目，已足使两个进一晕倒的。第一，他两人都得作一套新衣服，包括着帽子、皮鞋、袜子、手帕。第二，须预备二三桌酒席；至不济，也得在西餐馆吃茶点。第三，得在最大的报纸的报头旁边，登头号字的启事。第四，……进一看一项，心中算一算钱，他至少须有两万元才能定婚！他想干脆的通知秀华，彼此两便，各奔前程吧。同时，他也想到：劳民伤财的把一切筹备好，而亲友来到的时节谁也说不清到底应当怎样行礼，除了大家唧咕唧咕一大阵，把点心塞在口中，恐怕就再没有别的事；假若有的话，那就是小姐们——新娘子算在内——要说笑，又不敢，而只扭扭捏捏的偷着笑。想到这里，他打了个震动全身的冷颤！非写信告诉秀华不可：结婚就是结婚，不必格外的表演猴儿戏。结婚应当把钱留起来，预备着应付人口过多时的化费。不能，不能，不能把钱先都化去，叫日后相对落泪。说到天边上去，他觉得他完全合理，而表妹是瞎胡闹。他写好了信——告诉她彼此两便吧。

好像知道不一定把信发出去似的，也没有照着习惯写好信马上就贴邮票。他把信放在了一边。秀华太麻烦人，可是，有几个不罗嗦的女子呢？好吧，和她当面谈一谈，也当更有效力。

预备了像讲义那么有条理的一片话，他去找秀华。见了面，他的讲义完全没有用处。秀华的话像雨里的小雹子，东一个，西一个，随时闪击过来；横的，斜的，出其不意的飞来，叫他没法顺畅的说下去。有时候，她的话毫无意义，回答也好，不回答也好，可是适足以扰乱了进一的思路。

最后，他的黑脸上透出一点紫色，额上出了些汗珠。“秀华，说干脆的，不要乱扯！要不然，我没工夫陪你说废话！我走！”

他真要走，并不是吓吓她，也没有希望什么意外的效果。可是，秀华让步了。他开始对着正题发言。商谈的结果：凡是她所提出的办法，一样也没撤销，不过都打了些折扣。进一是爽快的人，只要事情很快的有了办法，他就不愿多争论。而且，即使他不惜多费唇舌，秀华也不会完全屈服；而弄僵了之后，便更麻烦——事事又须从头商讨一遍啊。

他们定了婚，结了婚。

在进一想，结婚以后的生活应当比作单身汉的时候更简单明快一些，因为自己有了一个帮忙的人。因此，在婚前，他常常管秀华叫作“生活的助教”。及至结了婚，他首先感觉到，生活不但不更简单一些，反而更复杂的多了。不错，在许多的小事情上，他的确得到了帮助：什么缝缝纽扣，补补袜子呀，现在已经都无须他自己动手了。可是，买针买线，还得他跑腿，而且他所买的总是大针粗线，秀华无论如何也不将就！为一点针线，他得跑好几趟。麻烦！麻烦得出奇！

还有秀华不老坐在屋里安安静静的补袜子呀。她有许多计划，随时的提将出来。他连头也不抬，就那么不着痕迹的，一边挑花，或看《妇女月刊》，一边的说：“咱们该请王教授们吃顿饭吧？你都不用管！我会预备！”或者“咱们还得买几个茶杯。客来了，不够用的呀！我已经看好了一套，真不贵！”

进一对抗战是绝对乐观的。在婚前，只要一听到人们抱怨生活困难，他便发表自己的意见！“勒紧了肚子，没有过不去的事。我们既没到前线去作战，还不受点苦？民族的复兴，须要经过血火的洗礼！哼！”他以为生活的困难绝对不足阻碍抗战的进行，只要我们自己肯像苦修的和尚那么受苦。他的话不是随便说的，他自己的生活便是足以使人折服的实例。因此，他敢结婚。他想，秀华也是青年，理应明白抗战时所应有的生活方式。及至听到秀华这些计划，他的嘴歪得几乎不大好拉回来了。秀华已经告诉他好几次，不要歪嘴，可是他没法矫正自己。他想不到秀华会这么随便的乱出主意。他可是也不便和她争辩，因为争辩是吵架的起源。

“别以为我爱化钱请贵客，”秀华不抬头，而瞟了丈夫一眼，声音并没提高，而腔调更沉重了些，“我们作事就得应酬，不能一把死拿，叫人家看不起咱们！”

进一开始啃手指甲。他顶恨应酬。凭自己的本领挣饭吃，应酬什么呢？况且是在抗战中！但是他不敢对她明言。她是那么清秀，那么娇嫩，仿佛是与他绝对不同的一种人。既然绝对不相同，她就必有她的道理。在体格上，学识上，他绝对相信自己比她强的。他可以控制她。但是，无论怎样说，她是另一种人，她有他所没有的一些什么。他能控制她，或者甚至于强迫她随着他的意见与行动为转移。可是，那并不就算他得到了一切。她所有的，永远在他自己的身上找不到。她的存在，从某一角度上去看，是完全独立的。要不然，他干么结婚呢？

他只好一声不响。

秀华挑了眼："我知道，什么事都得由着你！我不算人！"她放下手中的东西，眼中微湿的看着他，分明是要挑战。

他也冒了火。他丝毫没有以沉默为武器的意思。他的不出声是退让与体谅的表示。她连沉默也不许，也往错里想，这简直是存心怄气。还没把言语预备好，他就开了口，而且声音相当的直硬："我告诉你！秀华！"

夫妻第一次开了口战。谁都有一片大道理，但是因为语言的慌急，和心中的跳动，谁都越说越没理；到后来，只求口中的痛快，一点也不管哪叫近情，何谓合理；说着说着，甚至于忘了话语的线索，而随便用声音与力气继续的投石射箭。

经过这一次舌战，进一有好几天打不定主意，以后是应该更强硬一点好呢？还是更温和一点好呢？幸而，秀华有了受孕的征兆，她懒，脸上发黄，常常呕吐。进一得到了不用说话而能使感情浓厚的机会，他服侍她，安慰她，给她找来一些吃不吃都可以的小药。这时候，不管她有多少缺点，进一总觉得自己有应当惭愧的地方。即使闹气吵嘴都是由她发动吧，可是她现在正受着一种苦刑，他一点也不能分担。她的确是另一种人，能够从自己的身中再变出一个小人来。

看着她，他想象着将要作他的子或女的样子：头发是黑的，还是黄的；鼻子是尖尖的，还是长长的？无论怎么想，他总觉得他的小孩子一定是可爱的，即使生得不甚俊美，也是可爱的。

在婚前，有许多朋友警告过他！小孩子是可怕的，因为小人比大人更会化钱。他不大相信。他的自信心叫他敢挺着胸膛去应付一切困难。他的收入很有限，又没有什么财产。他知道困难是难免的，但不是不可克服的。一个人在抗战中，他想，是必须受些苦的。他不能因为增加收入而改行去作别的。教育是神圣的事业。假若他为生活舒服而放弃了教职，便和临阵脱逃的一位士兵一样。同时，结婚生孩子是最自然的事，一个人必须为国家生小孩，养小孩，教育小孩。这样，结婚才有了意义，有了结果。在困苦中，他应当挺着胸准备作父亲，不该用皱皱眉和叹气去迎接一条新生命。困难是无可否认的，但是唯其有困难，敢与困难搏斗，仿佛才更有意义。

可是，金钱到手里，就像水放在漏壶里一样，不知不觉的就漏没有了。进一还是穿着那些旧衣服，还是不动烟酒，不虚化一个钱。可是一个月的薪水不够一个月化的了。要糊过一个月来，他须借贷，他问秀华，秀华的每一个钱都有去路，她并没把钱打了水漂儿玩。

他不肯去借钱，他甚至看借钱是件可耻的事。但是咬住

牙硬不去借，又怎么度过一个月去呢？他不能叫怀孕的妇人少吃几顿饭！

他向来不肯从别人或别处找来原谅自己的理由。不错，物价是高了，薪水太少，而且自己又组织了家庭。这些都是一算便算得出来的，像二加二等于四那么显明。可是，他不肯这么轻易的把罪过推出去。他总认为家庭中的生活方式不大对，才出了毛病。或者仅是自己完全不对，因为若把罪过都推在秀华身上去，自己还算什么男子汉大丈夫呢？

秀华有一点钱便给肚中的娃娃预备东西。小鞋，小袜，小毛衣，小围嘴……都做得相当的考究，美观。进一很喜欢这些小物件，可是一打听细毛线和布帛的价钱，他才明白，专就这一项事来说，他的月薪当然不够化一个月的了，由这一点，他又想到生娃娃和生产以后的费用；大概一个月的薪水还不够接生的化费呢！秀华的身子是一天比一天的重了。他不敢劝她少给娃娃预备东西，也不敢对她说出生娃娃时候的一切费用。她需要安静，快乐；他不能在她身体上的苦痛而外，再使她精神上不痛快。他常常出一头冷汗，而自己用手偷偷的擦去。他相信自己并没作错一件事，可是也不知怎的一切都出了岔子。

秀华的娘家相当的有钱，她叫进一去求母亲帮忙。他不肯去。他从大学毕业那一天，就没再用过家中一个钱。那么，怎好为自己添丁进口而去求岳母呢。他的嘴不是为央求人用的。

这，逼得秀华声色俱厉的问他："那么，怎么办呢？"

进一惨笑了一下："受点苦，就什么事都办了！"

为证明他自己的话合理，进一格外努力的操作。他起得很早，把屋里屋外收拾得顶整洁，仿佛是说："你看，秀华，贫苦并无碍于生活的整洁呀！"同时他在一个补习学校兼了钟点。所得的报酬很少，可是他满脸笑容的把这一点钱递在秀华手中："秀华，别着急，咱们有办法，咱们年轻轻的，肯出点汗，还能教贫穷给捉住吗？是不是，秀华？"

秀华很随便的把那一点钱放在身旁，一语未发。

进一啃了半天手指甲，而后实在忍不住了，才低声的，恳切的说：

"华！我知道这一点钱太少，没有什么用处。可是，积少成多，我再去想别的法子呀。比如说，我可以写点稿子卖钱。"

"写稿子！"秀华冷淡的问。

"嗯！"进一想了一会儿："是这样，秀华，我尽到我的心，卖尽我的力，去弄钱。可是弄钱只为解决生活，而不为

弄钱而弄钱。因此，我去兼课，我写稿子，一方面是增加收入，一方面也还为教书与作文章有益于别人的事。假若，你以为我可以用我的心力去作生意，发国难财，除了弄钱别无意义，你就完全把我看错了！我希望你把我凭良心挣下来的每一个钱，都看成我的爱，我的劳力，我的苦心的一个象征。你要为这样的钱吻我，夸赞我，我才能得到鼓励，要更要好要强，像一匹骏马那样活泼有力，勇敢热烈！能这样，我们俩便是一对儿好马，我们还怕拖不动这一点困苦吗？笑！秀华！笑！发愁，苦闷，有什么用处呢！”

秀华很勉强的笑了一笑。她有一肚子的委屈，可是只简单的缩敛成很短的，没有头尾的几句话：“什么也没有，没有交际，没有玩耍，没有……”

“我知道！我知道！每次朋友来，都叫你脸红。没有好茶叶，漂亮的点心，没有香烟……甚至于没有够用的凳子和茶碗。可是，朋友们也该知道现在是抗战时期呀。他们知道这个，就该原谅咱们。假若咱们是由发国难财而有好茶好香烟好茶杯给他们享受，他们和咱们就都没有了良心，你说是不是？秀华，打起精神来，别再叫我心里难过！”

秀华没再说什么，可是脸上也并没有一点笑容。进一也不敢再多讲，他知道话太多了也不易消化。他去擦皮鞋，扫地，以免彼此对楞着。虽然如此，屋中到底还是沉静得难堪。一位朋友来给解了围。进一的迎接朋友是直爽而热烈的。有茶，他便倒茶；没茶，他干脆说没有。假若没有茶，而朋友真口渴呢，他就是走出二里地也得把茶水弄了来。

这位朋友是来求他作点事。在婚后，正如婚前，进一有求必应的。特别在婚后，他仿佛是故意的作给秀华看："你说咱们不会招待朋友，朋友有事可是先来求我呀！彼此帮忙才是真朋友，应酬算什么呢！"

三言两语，朋友把事情说清楚；三言两语，进一说明了他可以帮忙。然后，他三步当作两步的去给友人办理那件事。

把事情办成，他给了友人回话，而后把它放在脑子后头——进一永远不爱多说怎样给别人帮忙的经过；帮忙是应该的，用不着给自己宣传。

过了几天，他已经几乎把这件事忘得一干二净了，友人来了，给他道谢。一边说着话，友人顺手的放下一筒儿炮台烟。

"喝！炮台！"进一笑着说。"干什么？"

"小意思！"友人也笑了笑。"送给你的！"

"我不吸烟！"进一表示不愿接收礼物。

"留着招待朋友。遇到会吸烟的。你送他一枝，一枝，他也得喜欢！"说罢，友人就搭讪着告辞了。

送客回来，他看见秀华正拿着那筒烟细细的看呢，倒仿佛从来没看见过的样子。

“秀华！”进一笑着叫。“给他送回去吧，反正咱们俩都不抽烟。凭咱们这破桌子烂板凳，摆上这么一筒烟也不配合！”

“你掂一掂！”秀华把筒儿举起来。

“干吗？”

“不像是烟，烟没有这么沉重！”

进一接过烟来，掂了一掂。掂了一小会儿，“不是香烟！可也不能是大烟吧？”说着，他把筒的盖儿掀开。“钱！”

“钱？”秀华探着脖子看。“多少？”

“管他多少呢，我马上给他送回去！”进一颇用力的把盖儿盖好。就要往外走。

“等等！你等等！”秀华立了起来。“到底是怎回事？”

“他托我给说了个情，我给办到了。没费我一个铜板，干吗送我钱呢？”进一又把嘴歪到左边去。

“大概事情不那么简单吧？”秀华慢慢的坐下。“求你的事必不像他说的那么容易。人家求你，你仿佛吃了蜜，连事情还没弄明白就一劲点头！”

“管它呢，反正我不能收这点钱！”

“这点钱，他应当给，应当多给！”

“秀华！”进一的脸上很不好看了。“这是贿赂！一文钱也是贿赂！”

说完，进一又要往外走。

从外面进来个二十岁上下的学生，走得慌速，几乎和进一碰个满怀。

“阚先生！”学生的眼中含着泪。

“怎么啦？丁文！”进一关切的问。

“弟弟急性盲肠炎！入院得先交一千，动手术又得一两千！他疼得翻滚，我没钱！我们的家在沦陷区！先生，你救命！”丁文把话一气说完，一下子坐在了小凳上，头上冒出大汗珠子。

“嗯！”进一手中掂着那个香烟筒，打主意。他好像忘了筒里装的是钱，而忽然的想起来。“等我看看！不要着急！”他打开烟筒，把一卷塞得很结实的钞票用力扯出来。极快的他数了一数。“嘿，整三千！丁文，这不是好来的钱，你愿意用吗？”

丁文几乎像抢夺似的把一卷票子抓在手中。“先生，人命要紧！”他扑通一声跪在地上，磕了一个头起来，没再说什么，像箭头儿似的飞跑出去。

作者：孙之儁。原载1928年5月26日《大公报》第9版。

进一把嘴歪到一边，向门外发楞。

“进一！”秀华含着怒喊叫，“我不久也得入医院，也得先交一千，也得化一两千医药费！你怎么不给我想一想呢？你从哪里再弄到三千元呢？”

进一慢慢的走过来，轻轻的拍了两下秀华的肩。“华，天无绝人之路，咱们必有办法。无论什么吧，咱们的儿女必要生得干净！生得干净！”

原载1943年12月1日《文风杂志》创刊号

八太爷

在他的心中，北平到处是宝石砌的墙

王二铁只念过几天私塾，斗大的字大概认识几个。他对笔墨书本全无半点好感，却喜的是踢球打拐，养鸟放风筝。他特别不喜爱书本。给他代替书本的是野台戏评书，和乡里的小曲与传说——他从这里受到教育。

他羡慕闲书、戏出与传说中的英雄好汉，而且在乡间械斗与唱戏的时候，他的行动，在他自己想，也的确有些英雄好汉的劲。就以唱戏来说吧，他总被管事的派作台下打手。假若有人在戏场上调戏妇女或故意捣乱，以至教秩序没法维持下去，管事的便大喝一声“拉出去”，而王二铁与其余的打手，便把闹事的拉出去饱打一顿。这样的尽力维持秩序，当然有一点报酬：管事的把末一天的戏完全交给打手们去调动，打手就必然的专点妇女们绝不敢来看的戏，而尽量的享受一天。可是，打手们的业务与权利并不老是这么轻快可喜。假若被打的人想报复，而结队前来挑战骂阵，即使是在戏已杀台后的许多天，打手们也还得义不容辞的去迎战；宁可掉了脑袋，也不能屈膝。掉脑袋的事儿虽然不是好玩的，可是为了看末一天的“荣誉”戏，王二铁与他的伙伴们谁也不肯退后示弱；只要有戏他们总是当然的打手。

在王二铁所知道的一批英雄之中，如张飞、李逵、武松、黄天霸等，他最佩服康小八。这有些原因：第一，康小八是在西太后当政的时候，使北京城里城外军民官吏一概闻名丧胆，而且使各州府县都感到兴奋与恐怖的人物。现在的七八十岁的老人，还有亲眼看见过他的。口头的描写比文字更有力量。王二铁只在舞台上看见过黄天霸与李逵，可是常由人们的口中听到康小八；康小八差不多是还活着呢。黄天霸只会打镖，而康小八用的是一对手枪。手枪，这是多么亲切，新颖，使人口中垂涎的东西呀！有了会打手枪的好汉在眼前，谁还去羡慕那手使板斧，或会打甩头一子的人物呢。第二，据说康小八是个黑矮个子，有两条快腿。王二铁呢，也是面黑如铁，而且身量不高。他的伙伴们往往俏皮他

面黑身短。他明知道这不过是大家开开玩笑，并无损于他的尊严，可是他心中总多少有点不大得味儿。他想洗刷这个小小的“污点”。舞台上的黄天霸，他看，老是很漂亮的脸上敷粉，头上戴满了绒球的人。他开始反对黄天霸。及至他看过了《东皇庄》，扮康小八的是便衣薄底快靴，远不及黄天霸的漂亮威风，而要的却是真刀真枪，他马上得到了一个满意的结论：黄天霸不过是个小白脸，康小八——跟他自己一样的又矮又黑——才是真正的好汉，为了这个结论，他和伙伴们打过许多次架。越打架，他越下工夫练拳，踢桩子，摔跤，拿大顶，好去在众人面前证明他是康小八转世，而康小八的确比黄天霸更厉害。

拳头硬会使矮子变成高子，黑的变成白的。没人再敢俏皮王二铁了，因为痛快了嘴而委屈了身上是不大合算的。可是，拳头也还有打不到的地方。大家不敢明言，却在背地里唧咕。他们暗中给他起了个外号——东洋鬼！在形相上，东洋鬼暗示出矮的意思；在心理上，大家表示出恨恶他，正和恨恶日本人似的。

二铁的憎恶日本人，正和别的乡下人一样。他不知道日本侵略中国的历史，但是日本人这一名词在他心中差不多和苍蝇臭虫同样的讨厌。现在“东洋鬼”加在他自己身上了，他没法忍受。他想用拳头消灭这个可恶的绰号。可是，大家并不明言，而只用眼光把它射出来！他想离开故乡。

他早就想离开家乡——北平北边，快到昌平的大柳庄。为了实现自己的理想，他非走不可。他的身量、面色、力气、脚程，都像康小八。康小八是个赶驴的，他自己是庄稼汉，好汉不怕出身低呀。面对着北山，他时常出着神的盘算：假若有几百喽啰兵，由他率领，把住山口，打劫来往客商。而后等粮足马壮，再插起杏旗替天行道，救弱扶贫，他岂不就成了窦尔敦么？但是，窦寨王也比不了康小八。康八太爷没有喽啰，没有山寨，而敢在北京城里作案。作了案之后，大摇大摆的走进茶馆酒肆，连办案的巡缉暗探都得赶过来，张罗着会八太爷的钞。一语不合，掏出手枪，砰！谁管你是公子王孙，还是文武官员，八太爷是毫不留情的。到投案打官司的时候，人家八太爷入了北衙门，还是脚上没镣，手上没铐，自自在在的吃肉喝酒耍娘们。在南衙门定案之后，连西太后都要看看这个黑矮子。到了菜市口，八太爷自己跳上凌迟柱子下倒放着的筐子，面不改色。不准用针点心，不准削下头皮遮住眼睛，人家八太爷睁眼看着自己的乳头，自己的胳臂被刽子手割下，而含笑的高声的问："八太爷变了颜色没有？"成千成万的人一齐喝彩："好吗！"这才算是好汉，连

窦尔敦也还差点劲啊！

康小八差不多附了二铁的体。二铁不闲着则已，一有空闲，他就不由的质问自己，为什么那个黑矮子可以作出惊天动地的事来，而自己这个黑矮子只蹲在家里拔麦子耪大地？他渴想得到一把手枪。有了枪，他便上北平。他不再面对着北山出神了，北平才是真正可以露脸的地方；他的心和脸一齐朝了南。

可是，他得不到手枪。即使能以得到，他也还走不开。他的老母亲还活着呢。他并不怕母亲，也未曾从书本上明白了何为孝道。也许是什么一点民族文化的胶合力吧，把他多多少少的粘在中国的历史上，他究竟是个中国人，因而他对母亲就有许多不好意思的地方。好像母亲的手中有一根无形的绳子，把他这条野驴拴在门外的榆树上。他时时想不辞而别。有时候他真的走出一二十里去，虽然腰里没有手枪，可是带着一些干粮。走来走去，他拨转了马头。不行，老母亲的白发与没了牙的嘴不容许他去作英雄。走回家来，他无论是拔麦子，还是劈高粱叶，都在全村考第一。他把作英雄的力气用在作庄稼活上。不为讨谁的好，只为把力气消耗出去。因此，虽然他被仇人们叫作“东洋鬼”，可是一般的人凭良心说话的时节，还不能不夸赞他两句：“二铁虽然是好闹事的糊涂虫，对他娘可是还不错呀！”

在七七抗战那年的春天，王老太太死了。二铁哭了一大阵，而后卖了二亩田，喝了半斤白干，把母亲埋葬了。丧事办完之后，他没心去作什么，只穿着孝袍子在村子外边绕来绕去。正是农忙的时候，而二铁绝对不肯去忙。村中的老人们看出点危险来。在吃过晚饭，点上叶子烟的时候，他们低声的说出预言：“这小子没了娘，还怕谁呢？看着吧，说不定就会好吃懒作，把田卖净。再没事儿弄点猫尿，喝醉了胡来。把钱花光，他要不作贼，算我没长来眼睛！”随着这预言而来的恐惧不止一款：他会酗酒闹事，会调戏妇女，会勾结土匪，会引诱年轻人学坏……

可是，二铁毫无动作。他常常坐在母亲的坟头儿前面，脸朝南发楞。要不然，他在村外的水塘边上去照自己的脸。白色的孝衣，把他的脸衬得更黑。他一边照影，一边用手摸他的脸。他的脸上每一块肉几乎都是硬的，处处都见棱见角。这样坚硬而多棱角的脸是不会很体面的，可是摸起来倒教他高兴，硬汉当然有一幅硬脸啊。只有他的矮趴趴的鼻子头有点软活劲。当他看厌了自己的时候，他便抬着头出神，用三个手指揪，揉，拉，他的鼻头，好像很好玩似的。

忽然的，他把所有的一点点地全卖了。卖得很便宜。村

中的长辈们差不多不敢正眼看他了，他们预言的一部分已经应验，而提心吊胆的等待着明天的发展。同时，卖肉的，卖酒的，甚至于连推车卖布的，都一致的在王家门外多吆喝几声。有时候，他们在路上遇到他，便也立住和他闲扯几句，而眼光射在他的腰间。可是，他的手老不去掏他的腰包。他早晚依旧练工夫。赌徒们，本村的和外村的，时常搭讪着来陪他练，希望练完功夫，他也陪他们去玩玩牌九。有一天，他发了怒："我的钱是留着买枪的！滚蛋！"

买枪！买枪！买枪！一会儿传遍了村里村外。长老们的心要从口中跳出来！

忽然的，王二铁不见了。

买枪去了！买枪去了！大家争着代他宣传，而且猜测枪到了手以后，二铁究竟要干什么。有人为这个事打了赌。

过了一个多月，大家都等得不耐烦了，二铁才满头大汗的走了回来。他已脱了孝衣而穿上一身阴丹士林的新蓝裤褂。大家马上都变成了侦探，想设法看到他的手枪。假若他把枪带在腰间，就应当很容易被看到，因为他只穿着一身单裤褂。可是，大家谁也没能发现什么。他有时候打赤背，腰间除了一根宽宽的硬带子，什么也没有。

放牛的孩子们，渐渐成了重要人物。二铁常常独自走出很远，而村子里的人起着誓说，他们千真万确的听到远处有枪声。这一定是二铁在荒僻的地方打靶吧，或者，哼，也许是劫人呢！大人没有工夫，放牛的孩子们会拐弯抹角的盯梢。孩子们虽然也没亲眼看见二铁真的在某处打靶，或劫人，可是他们的报告总会供给大家以疑神疑鬼——这自然是很有趣的——的资料。

六月底，二铁想卖掉他的三间土房。没有人敢买。碰了几个钉子之后，他把村长——一位五十多岁而还吃斤饼斤面的干巴老头儿——像窦尔敦拉黄天霸似的，拉到自己的门前。把村长按在磨盘上，他坐在一束高粱秆儿上。开门见山的，他告诉村长：

“我卖这三间土房，马上用钱，你给我卖！”

村长用像老树根子的手指，梳了梳短须而后摇了摇头。

“你不管？”二铁立起来。

“我知道你要干什么呢？”

“那你不用管，”二铁往前凑了一步。“我问你，要这三间土房不要？”

村长又微微摇了摇头。

二铁又往前凑了一步。手往腰门按了按。

“二铁！”村长咽了一口唾沫。“二铁！你是个好孩子，

有力气，有本事，为什么不好好的成个家，生儿养女，像个人似的呢？卖房子卖地，你对得起你的老人们吗？你说！”

二铁的眼看着地上的一条花毛虫，只看了一秒钟。然后他的眼对准了村长的，眼珠和脸都忽然的更黑了。“你知道我是谁吗？”

“废话！你难道不是二铁？”

“我是康小八！我黑，我矮，我有力气，我腿快，我还有枪！”他喘了一口气。“这个破村子留不住我，我要上大城里去作个好汉！赶明儿个，你听说大城里头又出了康小八，那就是我！先不用害怕，我不在这个破村子里吓吓你们土头土脑的人。我要站在前门外头，劫两辆汽车，给你们看看！”

“噢！”老头儿慢慢的立起来，想要走开。

二铁一把抓住老者的腕子。“别走！这三间房子怎么办？为这屁股大的一点地和这间臭房，就值得我干一辈子的吗”？

“我，我不管！康小八是个贼！”

“什么？”二铁的手握紧了些。

“我是说呀！”老人故意的拿腔作调，“康小八是个贼，好人不作贼！”

二铁的手去摸枪。他晓得康小八永远是先开枪，免得多费话。

老人笑了笑，镇静而温和的说："告诉你，二铁，而今不是那个年头了。想当初，康小八有枪，别人没有，所以能横行霸道，大闹北京城。而今，枪不算什么稀罕物儿了，恐怕你施展不开。我说的是实话，听不听随你！"说完，老人又微笑了笑，从容的夺出自己的手来，慢慢的走开。

二铁楞住了。他的脑子——没受过任何训练——是不会细想什么的。平日，只凭心血来潮，要作什么就作了，结果如何，全不考虑。今天，听到村长的话，他的心中凉了一下，把要掏枪就打的热劲减低了许多度。他的手离开了枪。心中好像要想什么。但是，他没有思索的习惯，心中只觉得发堵，不，他不能这样轻易屈服，他得作点什么，使心中畅快。他极快的掏出枪来，赶上几步，高声的喊道：

"你站住！"

村长站定了。

"这三间土房，交给你看着。能卖就卖；不能卖，你给看着！不听话，你看这个！"二铁举起枪来，砰！一颗子弹打进老榆树的干子去。"我走啦，再回来的时候，我就是真正的康小八了！"说罢，他几乎是擦着村长的肩头，迈着大步，向南走去，枪还在手中提着。村人听到枪响，争着往门外跑，可是一看见提着枪的二铁，又都把头缩回门里去。

走到了安定门的关厢，二铁还打听哪里是北平呢。及至听到“这就是北平”，他还不敢相信。在他的心中，北平到处是宝石砌的墙，街上的树都是一两丈高的珊瑚，怎么这个关厢也这么稀松平常呢？更使他伤心的是他已经看到拿枪的人，保安队，宪兵，都有枪！事前不详加考虑的人，后悔也最快。他后悔了。不错，凭他那四五亩田，和三间土房，他辛苦的干一辈子恐怕连个老婆也混不上，更不要说作什么英雄好汉了。可是，现在他还没有看到有饭碗大的金刚钻，与比馒头还大的金钉子的皇宫内院，而已经看到许多的枪，长的短的，还有明晃晃的刺刀。他晓得，要是不拿家伙而专比拳脚，上来十个八个壮汉，他也不在乎。可是，若是十来枝枪围住他，他该怎么办呢？枪弹把老榆树都一打一个深洞啊！他想拨转马头回家。可是他的脚还往前走。不能回家。回家只有放牛，耕地，流汗，吃棒子面与打那毫无结果的架。北平才是藏龙卧虎的地方，尽管枪多，好汉总还是好汉。他进了安定门。

打听明白天桥儿是在正南，他便一直的奔了天桥儿去。在城里，看见汽车，电车，金匾的大铺子，他高兴的多了。一边走，一边盘算，假若他单人独马去劫一辆车，或一家金店，岂不就等于劫皇饷，盗御马么？那些他所记得的红脸绿脸，有压耳毫，穿英雄氅的人们，在他心中出来进去，如同一出武戏。

在天桥儿，他还没敢作案。袋里有那点卖田地的钱，他吃了水爆羊肚，看了坤班的蹦蹦戏，还在练拳卖膏药，举双石头，和摔跤的场子上帮了场，表演了几次。不到三四天，这一带的流氓土混混几乎都知道了北京的康小八。酒肉朋友，一天就能拜两起儿盟兄弟。二铁——北京的康小八——的嘴虽不大伶俐，可是腰里很硬。大家不但知道他腰里有钱，而且有手枪。当他被大家灌醉了的时候，大家故意的探问："钱花光了怎办呢？"

他的黑脸被酒力催的，变成黑紫，他本想不回答这问题，可是嘴不听使，极快的说出来："我有枪，我是康小八！"

他的盟兄弟们已经不是梁山泊上的一百单八将了。他们在七七的前夕把他卖给了侦缉队。

他开枪拒捕，走出了永定门。

在小破土庙里，他倚着供桌打了一个盹儿。睁眼，已经天亮了。他很高兴这样无心中的开了张。从此，他的一切就专凭他的胆量与手枪了。他不能再拐弯，眼前的道路像摆好了的火车道，他只有像火车似的叮叮当当的循轨前进。他已经是一条好汉了，只须再作几件胆大手狠的事，便成了惊天动地的英雄好汉。

不凑巧，芦沟桥的炮声震动了全世界，谁还注意什么康小八不康小八呢。北平所有的枪都准备着向敌人射击，只有二铁还梦想着用他自己的那枝小黑东西去劫一辆汽车。

他不明白大家的愤怒、惊疑、吼叫、痛哭、咒骂都是为了什么。他一心一意的想教大家叫他作八太爷而人们却全都诅咒着日本人。噢，日本人，他自己也憎恶日本人。今天，他的八太爷的称号与威风被日本人压下去，所以就更恨日本人了。他是不是应当去和日本人干干教日本人也晓得他是八太爷呢？他不能决定。他的脑子不够用的了。

他安然的回到天桥儿，仿佛他从未开过枪，拒过捕似的。找到了出卖他的人，他想再试一试枪，增加一点威风。可是，他们并毫无惧色。他们众口一音的说：“咱们这点臭事算得了什么呢？有本事打日本人去！”

听到这种话，他分辨不出大家是激他，还是怕他。他只觉得这样的话似乎能往他心里去，使他没法不留下子弹，另有用途。

北平沦陷。当大队日本坦克车和步兵由南苑向永定门进行时，二铁在城外，趴在路旁的一株柳树后面。极快的他把子弹全射了出去。还没等日本鬼们来捉他，他已一跃而出：“孙子们，好汉作事好汉当，我是康八太爷！”

作者：孙之儁。原载1931年10月4日《世界画报》第306期。

他本想日本人会把他拖到菜市口，他好睁着眼看自己怎么死。在死的以前，他会喊喝："我打死他们六个，死得值不值？"等大家喝完了彩，他再说："到大柳庄去传个信，我王二铁真成了康八太爷！"

可是，多少刺刀齐刺进他的肉。东洋的武士不晓得康小八，他们的武士道也不了解康小八的胆气与刚强。

原载1943年6月1日《新中华》复刊第一卷第六期

何容何许人也

他喜爱北平，大概最大的原因是北平有几位说得来的朋友

粗枝大叶的我可以把与我年纪相仿佛的好友们分为两类。这样的分类可是与交情的厚薄一点也没关系。第一类是因经济的压迫或别种原因，没有机会充分发展自己的才力，到二十多岁已完全把生活放在挣钱养家，生儿养女等等上面去。他们没工夫读书，也顾不得天下大事，眼睛老钉在自己的忧喜得失上。他们不仅不因此而失去他们的可爱，而且可羡慕，因为除非遇上国难或自己故意作恶，他们总是苦乐相抵，不会遇到什么大不幸。他们不大爱思想，所以喝杯咸菜酒也很高兴。

第二类差不多都是悲剧里的角色。他们有机会读书；同

情于，或参加过，革命；知道，或想去知道，天下大事；会思想或自己以为会思想。这群朋友几乎没有一位快活的。他们的生年月日就不对：都生在前清末年，现在都在三十五与四十岁之间。礼义廉耻与孝悌忠信，在他们心中还有很大的分量。同时，他们对于新的事情与道理都明白个几成。以前的作人之道弃之可惜，于是对于父母子女根本不敢作什么试验。对以后的文化建设不愿落在人后，可是别人革命可以发财，而他们革命只落个“忆昔当年……”。他们对于一切负着责任：前五百年，后五百年，全属他们管。可是一切都不管他们，他们是旧时代的弃儿，新时代的伴郎。谁都向他们讨税，他们始终就没有二亩地，这些人们带着满肚子的委屈，而且还得到处扬着头微笑，好像天下与自己都很太平似的。

在这第二类的友人中，有的是徘徊于尽孝呢，还是为自己呢？有的是享受呢，还是对家小负责呢？有的是结婚呢，还是保持个人的自由呢？……花样很多，而其基本音调是一个——徘徊、迟疑、苦闷。他们可是也并不敢就干脆不挣扎，他们的理智给感情画出道儿来，结果呢，还是努力的维持旧局面吧，反正得站一面儿，那么就站在自幼儿习惯下来的那一面好啦。这可不是偷懒，捡着容易的作，也不是不厌恶旧而坏的势力，而实在需要很大的勉强或是——说得好听一点——牺牲；因为他们打算站在这一面，便无法不舍掉另一面，而这个另一面正自带着许多迷人的诱惑力量。

何容兄是这样朋友中的一位代表。在革命期间，他曾吃过枪弹：幸而是打在腿上，所以现在还能“不”革命的活着。革命吧，不革命吧，他的见解永不落在时代后头。可是在他的行为上，他比提倡尊孔的人还更古朴，这里所指的提倡尊孔者还是那真心想翼道救世的。他没有一点“新”气，更提不到“洋”气。说卫生，他比谁都晓得。但是他的生活最没规律：他能和友人们一谈谈到天亮，而白天去睡觉。朋友是一切，人家要说到天亮，他决不肯只陪到夜里两点。可有一点，这得看是什么朋友；他要是看谁不顺眼，连一分钟也不肯空空的花费。他的“古道”使他柔顺像个羊，同时能使他硬如铁。当他硬的时候，不要说巴结人，就是泛泛的敷衍一下也不肯。在他柔顺的时候，他的感情完全受着理智的调动：比如说友人的小孩病得要死，他能昼夜的去给守着，而面上老是微笑，希望他的笑能减少友人一点痛苦；及至友人们都睡了，他才独对着垂死的小儿落泪。反之，对于他以为不是

东西的人，他全任感情行事，不管人家多么难堪。他“承认”了谁，谁就是完人；有了错过他也要说而张不开口。他不承认谁，乘早不必讨他的厌去。

怎样能被他“承认”呢？第一个条件是光明磊落。所谓光明磊落就是一个人能把旧礼教中那些舍己从人的地方用在一切行动上。而且用得自然单纯，不为着什么利益与必期的效果。他不反对人家讲恋爱，可是男的非给女的提着小伞与低声下气的连唤“嘀耳”不可，他便受不住了，他以为这位先生缺乏点丈夫气概。他不是不明白在“追求”期间这几乎是照例的公事，可是他遇到这种事儿，便夸大的要说他的话了：“我的老婆给我扛着伞，能把人碰个跟头的大伞！”他，真的，不让何太太扛伞。真的，他也不能给她扛伞。他不佩服打老婆的人，加倍的不佩服打完老婆而出来给她提小伞的人，后者不光明磊落。

光明磊落使他不能低三下四的求爱，使他穷，使他的生活没有规律，使他不能多写文章——非到极满意不肯寄走，改，改，改，结果文章失去自然的风趣。作什么他都出全力，为是对得起人，而成绩未必好。可是他愿费力不讨好，不肯希望“歪打正着”。他不常喝酒，一喝起来他可就认了真，喝酒就是喝酒；醉？活该！在他思索的时候，他是心细如发。他以为不必思索的事，根本不去思索，譬如喝酒，喝就是了，管它什么。他的心思忽细忽粗，正如其为人忽柔忽硬。他并不是疯子，但是这种矛盾的现象，使他“阔”不起来。对于自己物质的享受，他什么都能将就；对于择业择友，一点也不将就。他用消极的安贫去平衡他所不屑的积极发展。无求于人，他可以冷眼静观宇宙了，所以他幽默。他知道自己矛盾，也看出世事矛盾，他的风凉话是含着这双重的苦味。

是的，他不像别的朋友们那样有种种无法解决的，眼看着越缠越紧而翻不起身的事。以他来比较他们，似乎他还该算个幸运的。可是我拿他作这群朋友的代表。正因为他没有显然的困难，他的悲哀才是大家所必不能避免的，不管你如何设法摆脱。显然的困难是时代已对个人提出清账，一五一十，清清楚楚。他的默默悲哀是时代与个人都微笑不语，看到底谁能再敷衍下去。他要想敷衍呢，他便须和一切妥协：旧东西中的好的坏的，新东西中的好的坏的，一齐等着他给喊好；只要他肯给它们喊好，他就颇有希望成为有出路的人。他不能这么办。同时他也知道毁坏了自己并不是怎样了不得的事，他不因不妥协

而变成永不洗脸的名士。革命是有意义的事，可是他已先偏过了。怎办呢？他只交下几个好朋友，大家到一块儿，有的说便说，没的说彼此就楞着也好。他也教书，也编书，月间进上几十块钱就可以过去。他不讲穿，不讲究食住，外表上是平静沉默，心里大概老有些人家看不见的风浪。真喝醉了的时候也会放声的哭，也许是哭自己，也许是哭别人。

他知道自己的毛病，所以不吹腾自己的好处。不过，他不想改他的毛病，因为改了毛病好像就失去些硬劲似的。努力自励的人，假若没有脑子，往往比懒一些的更容易自误误人。何容兄不肯拿自己当个猴子耍给人家看。好，坏，何容是何容：他的微笑似乎表示着这个。对好友们，他才肯说他的毛病，像是："起居无时，饮食无节，衣冠不整，礼貌不周，思而不学，好求甚解而不读书……"只有他自己才能说得这么透澈。催他写文章，他不说忙，而是"慢与忙有关系，因优故忙。"因为"作文章像暖房里人工孵鸡，鸡孵出来了，人得病一场！"

他若穿起军服来，很像个营里的书记长。胸与肩够宽，可惜脸上太白了些，不完全像个兵。脸白，可并不美。穿起蓝布大衫，又像个学校里不拿事的庶务员。面貌与服装都没什么可说，他的态度才是招人爱的地方，老是安安稳稳，不慌不忙，不多说话，但说出来就得让听者想那么一会儿。香烟不离口；酒不常喝，而且喝多了在两天之后才现醉象——这使朋友们视他为“异人”；他自己也许很以此自豪，虽然“晚醉”和“早醉”是一样受罪的。他喜爱北平，大概最大的原因是北平有几位说得来的朋友。

原载1935年12月《人间世》第四十一期

歪毛儿

劝他酒，酒会打开人的口

小的时候，我们俩——我和白仁禄——下了学总到小茶馆去听评书。我俩每天的点心钱不完全花在点心上，留下一部分给书钱。虽然茶馆掌柜孙二大爷并不一定要我们的钱，可是我俩不肯白听。其实，我俩真不够听书的派儿：我那时脑后梳着个小坠根，结着红绳儿；仁禄梳俩大歪毛。孙二大爷用小笸箩打钱的时候，一到我俩面前便低声的说，“歪毛子！”把钱接过去，他马上笑着给我们抓一大把煮毛豆角，或是花生米来：“吃吧，歪毛子！”他不大爱叫我小坠根，我未免有点不高兴。可是说真的，仁禄是比我体面的多。他的脸正像年画上的白娃娃的，虽然没有那么胖。单眼皮，小圆鼻子，清秀好看。一跑，俩歪毛左右开弓的敲着脸蛋，像个拨浪鼓儿。青嫩头皮，剃头之后，谁也想轻敲他三下——剃头打三光。就是稍打重了些，他也不急。

他不淘气，可是也有背不上书来的时候。歪毛仁禄背不过书来本可以不挨打，师娘不准老师打他，他是师娘的歪毛宝贝：上街给她买一缕白棉花线，或是打俩小钱的醋，都是仁禄的事儿。可是他自己找打。每逢背不上书来，他比老师的脾气还大。他把小脸憋红，鼻子皱起一块儿，对先生说："不背！不背！"不等老师发作，他又添上："就是不背，看你怎样！"老师磨不开脸了，只好拿板子吧。仁禄不擦磨手心，也不迟宕，单眼皮眨巴的特别快，摇着俩歪毛，过去领受手板。打完，眼泪在眼眶里转，转好大半天，像水花打旋而渗不下去的样儿。始终他不许泪落下来。过了一会儿，他的脾气消散了，手心搓着膝盖，低着头念书，没有声音，小嘴像热天的鱼，动得很快很紧。

奇怪，这么清秀的小孩，脾气这么硬。

到了入中学的年纪，他更好看了。还不甚胖，眉眼可是开展了。我们脸上都起了小红脓泡，他还是那么白净。后一天入中学，上一班的学生便有一个挤了他一膀子，然后说：

“对不起，姑娘！”仁禄一声没出，只把这位学友的脸打成发面包子。他不是打架呢，是拼命，连劝架的都受了点罣误伤。第二天，他没来上课。他又考入别的学校。

一直有十几年的工夫，我们俩没见面。听说，他在大学毕了业，到外边去作事。

去年旧历年前的末一次集，天很冷。千佛山上盖着些厚而阴寒的黑云。尖溜溜的小风，鬼似的掏人鼻子与耳唇。我没事，住的又离山水沟不远，想到集上看看。集上往往也有几本好书什么的。

我以为天寒人必少，其实集上并不冷静；无论怎冷，年总是要过的。我转了一圈，没看见什么对我的路子的东西——大堆的海带菜，财神的纸像，冻得铁硬的猪肉片子，都与我没有多少缘分。本想不再绕，可是极南边有个地摊，摆着几本书，引起我的注意，这个摊子离别的买卖有两三丈远，而且地点是游人不大来到的。设若不是我已走到南边，设若不是我注意书籍，我决不想过去。我走过去，翻了翻那几本书——都是旧英文教科书，我心里说，大年底下的谁买旧读本？看书的时候，我看见卖书人的脚，一双极旧的棉鞋，可是缎子的：袜子还是夏季的单线袜。别人都跺跺着脚，天是真冷；这双脚好像冻在地上，不动。把书合上我便走开了。

大概谁也有那个时候：一件极不相干的事，比如看见一群蚁擒住一个绿虫，或是一个癞狗被打，能使我们不痛快半天，那个挣扎的虫或是那条癞狗好似贴在我们心上，像块病似的。这双破缎子鞋就是这样贴在我的心上。走了几步，我不由的回了头。卖书的正弯身摆那几本书呢。其实我并没给弄乱：只那么几本，也无从乱起。我看出来，他不是久干这个的。逢集必赶的卖零碎的不这样细心。他穿着件旧灰色棉袍，很单薄，头上戴着顶没人要的老式帽头。由他的身上，我看到南圩子墙，千佛山，山上的黑云，结成一片清冷。我好似被他吸引住了。决定回去，虽然觉得不好意思的。我知道，走到他跟前，我未必敢端详他。他身上有那么一股高傲劲，像破庙似的，虽然破烂而仍令人心中起敬。我说不上来那几步是怎样走回去的，无论怎说吧，我又立在他面前。

我认得那两只眼，单眼皮儿。其余的地方我一时不敢相认，最清楚的记忆也不敢反抗时间，我俩已十几年没见了。他看了我一眼，赶快把眼转向千佛山去：一定是他了，我又认出这个神气来。

“是不是仁禄哥？”我大着胆问。

他又扫了我一眼，又去看山，可是极快的又转回来。他的瘦脸上没有任何表示，只是腮上微微的动了动，傲气使他不愿与我过话，可是“仁禄哥”三个字打动了他的心。他没说一个字，拉住我的手。手冰硬。脸朝着山，他无声的笑了笑。

“走吧，我住的离这儿不远。”我一手拉着他，一手拾起那几本书。

他叫了我一声。然后待了一会儿，“我不去！”

我抬起头来，他的泪在眼内转呢。我松开他的手，把几本书夹起来，假装笑着，“你走也得走，不走也得走！”

“待一会儿我找你去好了，”他还是不动。

“你不用！”我还是故意打哈哈似的说：“待一会儿？管保再也找不到你了？”

他似乎要急，又不好意思；多么高傲的人也不能不原谅梳着小辫时候的同学。一走路，我才看出他的肩往前探了许多。他跟我来了。

没有五分钟便到了家。一路上，我直怕他和我转了影壁。他坐在屋中了，我才放心，仿佛一件宝贝确实落在手中。可是我没法说话了。问他什么呢？怎么问呢？他的神气显然的是很不安，我不肯把他吓跑了。

想起来了，还有瓶白葡萄酒呢。找到了酒，又发现了几个金丝枣。好吧，就拿这些待客吧。反正比这么僵坐着强。他拿起酒杯，手有点颤。喝下半杯去，他的眼中湿了一点，湿得像小孩冬天下学来喝着热粥时那样。

“几时来到这里的？”我试着步说。

“我？有几天了吧？”他看着杯沿上一小片木塞的碎屑，好像是和这片小东西商议呢。

“不知道我在这里？”

“不知道。”他看了我一眼，似乎表示有许多话不便说，也不希望我再问。

我问定了。讨厌，但我俩是幼年的同学。“在哪儿住呢？”

他笑了，“还在哪儿住？凭我这个样？”还笑着，笑得极无聊。

“那好了，这儿就是你的家，不用走了。咱们一块儿听鼓书去。趵突泉有三四处唱大鼓的呢：《老残游记》，嗳？”我想把他哄喜欢了。“记得小时候一同去听《施公案》？”

我的话没得到预期的效果，他没言语。但是我不失望。劝他酒，酒会打开人的口。还好，他对酒倒不甚拒绝，他的

俩脸渐渐有了红色。我的主意又来了：

“说，吃什么？面条？饺子？饼？说，我好去预备。”

“不吃，还得卖那几本书去呢！”

“不吃？你走不了！”

待了老大半天，他点了点头，“你还是这么活泼！”

“我？我也不是咱们梳着小辫时的样子了！光阴多么快，不知不觉的三十多了，想不到的事！”

“三十多也就该死了。一个狗才活十来年。”

“我还不那么悲观，”我知道已把他引上了路。

“人生还就不是个好玩艺！”他叹了口气。

随着这个往下说，一定越说越远：我要知道的是他的遭遇。我改变了战略，开始告诉他我这些年的经过，好歹的把人生与悲观扯在里面，好不显着生硬。费了许多周折，我才用上了这个公式——“我说完了，该听你的了。”

其实他早已明白我的意思，始终他就没留心听我的话。要不然，我在引用公式以前还得多绕几个弯儿呢。他的眼神把我的话删短了好多。我说完，他好似没法子了，问了句：

“你叫我说什么吧？”

这真使我有点难堪。律师不是常常逼得犯人这样问么？

可是我扯长了脸，反正我俩是有交情的。爽性直说了吧，这或者倒合他的脾气：

“你怎么落到这样？”

他半天没回答出。不是难以出口，他是思索呢。生命是没有什么条理的，老朋友见面不是常常相对无言么？

“从哪里说起呢？”他好像是和生命中那些小岔路商议呢。“你记得咱们小的时候，我也不短挨打？”

“记得，都是你那点怪脾气。”

“还不都在乎脾气，”他微微摇着头。“那时候咱俩还都是小孩子，所以我没对你说过；说真的那时节我自己也还没觉出来是怎回事。后来我才明白了，是我这两只眼睛作怪。”

“不是一双好好的眼睛吗？”我说。

“平日是好好的一对眼；不过，有时候犯病。”

“怎样犯病？”我开始怀疑莫非他有点精神病。

“并不是害眼什么的那种肉体上的病，是种没法治的毛病。有时候忽然来了，我能看见些——我叫不出名儿来。”

“幻象？”我想帮他的忙。

“不是幻象，我并没看见什么绿脸红舌头的。是些形象。也还不是形象；是一股神气。举个例说，你就明白了，你记

得咱们小时候那位老师？很好的一个人，是不是？可是我一犯病，他就非常的可恶，我所以跟他横着来了。过了一会儿，我的病犯过去，他还是他，我白挨一顿打。只是一股神气，可恶的神气。”

我没等他说完就问：“你有时候你也看见我有那股神气吧？”

他微笑了一下：“大概是，我记不甚清了。反正咱俩吵过架，总有一回是因为我看你可恶。万幸，我们一入中学就不在一处了。不然……你知道，我的病越来越深。小的时候，我还没觉出这个来，看见那股神气只闹一阵气就完了；后来，我管不住自己了，一旦看出谁可恶来，就是不打架，也不能再和他交往，连一句话也不肯过。现在，在我的记忆中只有幼年的一切是甜蜜的，因为那时病还不深。过了二十，凡是可恶的都记在心里！我的记忆是一堆丑恶相片！”他楞起来了。

“人人都可恶？”我问。

“在我犯病的时节，没有例外。父母兄弟全可恶。要是敷衍，得敷衍一切，生命那才难堪。要打算不敷衍，得见一个打一个，办不到。慢慢的，我成了个无家无小没有一个朋友的人。干吗再交朋友呢？怎能交朋友呢？明知有朝一日便看出他可恶！”

我插了一句：“你所谓的可恶或者应当改为软弱，人人有个弱点，不见得就可恶。”

“不是弱点。弱点足以使人生厌，可也能使人怜悯。譬如对一个爱喝醉了的人，我看见的不是这个。其实不用我这对眼也能看出点来，你不信这么试试，你也能看出一些，不过不如我的眼那么强就是了。你不用看人脸的全部，而单看他的眼，鼻子，或是嘴，你就看出点可恶来。特别是眼与嘴，有时一个人正和你讲道德说仁义，你能看见他的眼中有张活的春画正在动。那嘴，露着牙喷粪的时节单要笑一笑！越是上等人越可恶。没受过教育的好些，也可恶，可是可恶得明显一些；上等人会遮掩。假如我没有这么一对眼，生命岂不是个大骗局？还举个例说吧，有一回我去看戏，旁边来了个三十多岁的人，很体面，穿得也讲究。我的眼一斜，看出来，他可恶。我的心中冒了火。不干我的事，诚然；可是，为什么可恶的人单要一张体面的脸呢？这是人生的羞耻与错处。正在这么个当儿，查票了。这位先生没有票，瞪圆了眼向查票员说：‘我姓王，没买过票，就是日本人查票，我姓王的还是不买！’我没法管束自己了。我并不是要惩罚他，是要把

他的原形真面目打出来。我给了他一个顶有力的嘴巴。你猜他怎样？他嘴里嚷着，走了。要不怎说他可恶呢。这不是弱点，是故意的找打——只可惜没人常打他。他的原形是追着叫化子乱咬的母狗。幸而我那时节犯了病，不然，他在我眼中也是个体面的雄狗了。”

“那么你很愿意犯病！”我故意的问。

他似乎没听见，我又重了一句，他又微笑了笑。“我不能说我以这个为一种享受；不过，不犯病的时候更难堪——明知人们可恶而看不出，明知是梦而醒不了。病来了，无论怎样吧，我不至于无聊。你看，说打就打，多少有点意思。最有趣的是打完了人，人们还不敢当面说我什么，只在背后低声的说，这是个疯子。我没遇上一个可恶而硬正的人；都是些虚伪的软蛋。有一回我指着个军人的脸说他可恶，他急了，把枪掏出来，我很喜欢。我问他：你干什么？哼，他把枪收回去了，走出老远才敢回头看我一眼；可恶而没骨头的东西！”他又楞了一会儿。“当初，我是怕犯病。一犯病就吵架，事情怎会作得长远？久而久之，我怕不犯病了。不犯病就得找事去作，闲着是难堪的事。可是有事便有人，有人就可恶。一来二去，我立在了十字路口：长期的抵抗呢？还是敷衍一下？不能决定。病犯了不由的便惹是非，可是也有一月两月不犯的时候。我能专等着犯病，什么也不干？不能！刚要干点什么，病又来了。生命仿佛是拉锯玩呢。有一回，半年多没犯病。好了，我心里说，再找回人生的旧辙吧；既然不愿放火，烟还是由烟筒出去好。我回了家，老老实实去作孝子贤孙。脸也常刮一刮，表示出诚意的敷衍。既然看不见人中的狗脸，我假装看见狗中的人脸，对小猫小狗都很和气，闲着也给小猫梳梳毛，带着狗去溜个圈。我与世界复和了。人家世界本是热热闹闹的混，咱干吗非硬拐硬碰不可呢。这时候，我的文章作多了。第一，我想组织家庭，把油盐柴米的责任加在身上也许会治好了病。况且，我对妇人的印象比较的好。在我的病眼中经过的多数是男人。虽然这也许是机会不平的关系，可是我硬认定女子比男子好一些。作文章吗？人们大概都很会替生命作文章。我想，自要找到个理想的女子，大概能马马虎虎的混几十年。文章还不尽于此，原先我不是以眼的经验断定人人可恶吗，现在改了。我这么想了：人人可恶是个推论，我并没亲眼看见人人可恶呀。也许人人可恶，而我不永远是犯着病，所以看不出。可也许世上确有好人，完全人，就是立在我的病眼前面，我也看不出他

可恶来。我并不晓得哪时犯病；看见面前的人变了样，我才晓得我是犯了病？焉知没有我已犯病而看不出人家可恶的时候呢？假如那是个根本不可恶的人。这么一作文章，我的希望更大了。我决定不再硬了，结婚，组织家庭，生胖小子；人家都快活的过日子，我干吗放着熟葡萄不吃，单检酸的吃呢？文章作得不错。”

他休息了一会儿，我没敢催促他。给他满上了酒。

“还记得我的表妹？”他突然的问：“咱们小时候和她一块儿玩耍过。”

“小名叫招弟儿？”我想起来，那时候她耳上戴着俩小绿玉艾叶儿。

“就是。她比我小两岁，还没出嫁；等着我呢，好像是。想作文章就有材料，你看她等着我呢。我对她说了一切，她愿意跟我。我俩定了婚。”他又半天没言语，连喝了两三口酒。“有一天，我去找她，在路上我又犯了病。一个七八岁小女孩，拿着个粗碗，正在路中走。来了辆汽车。听见喇叭响，她本想往前跑，可是跑了一步，她又退回来了。车到了跟前，她蹲下了。车幸而猛的收住。在这个工夫，我看见车夫的脸，非常的可恶。在事实上他停住了车；心里很愿意把那个小女

作者：孙之儁。原载1927年12月4日《北晨画报》第111号。

孩轧死，轧，来回的轧，轧碎了。作文章才无聊呢。我不能再找表妹去了。我的世界是个丑恶的，我不能把她也拉进来。我又跑了出来；给她一封极简短的信——不必再等我了。有过希望以后，我硬不起来了。我忽然的觉到，焉知我自己不可恶呢，不更可恶呢？这一疑虑，把硬气都跑了。以前，我见着可恶的便打，至少是瞪他那么一眼，使他哆嗦半天。我虽不因此得意，可是非常的自信——信我比别人强。及至一想结婚，与世界共同敷衍，坏了；我原来不比别人强，不过只多着双病眼罢了。我再没有勇气去打人了，只能消极的看谁可恶就躲开他。很希望别人指着脸子说我可恶，可是没人肯那么办。”他又楞了一会儿。“生命的真文章比人作的更周到？你看，我是刚从狱里出来。是这么回事，我和土匪们一块混来着。我既是也可恶，跟谁在一块儿不可以呢。我们的首领总算可恶得到家，接了赎款还把票儿撕了。绑来票砌在炕洞里。我没打他，我把他卖了，前几天他被枪毙了。在公堂上，我把他的罪恶都抖出来。他呢，一句也没扳我，反倒替我解脱。所以我只住了几天狱，没定罪。顶可恶的人原来也有点好心：撕票儿的恶魔不卖朋友！我以前没想到过这个。耶稣为仇人，为土匪祷告：他是个人物。他的眼或者就和我这对一样，可是他能始终是硬的，因为他始终是软的。普通人只能软，不能硬，所以世界没有骨气。我只能硬，不能软，现在没法安置我自己。人生真不是个好玩艺。”

他把酒喝净，立起来。

“饭就好。”我也立起来。

“不吃！”他很坚决。

“你走不了，仁禄！”我有点急了。“这儿就是你的家！”

“我改天再来，一定来！”他过去拿那几本书。

“一定得走？连饭也不吃？”我紧跟着问。

“一定得走！我的世界没有友谊。我既不认识自己，又好管教别人。我不能享受有秩序的一个家庭，像你这个样。只有瞎走乱撞还舒服一些。”

我知道，无须再留他了。楞了一会儿，我掏出点钱来。

“我不要！”他笑了笑：“饿不死。饿死也不坏。”

“送你件衣裳横是行了吧？”我真没法儿了。

他楞了会儿。“好吧，谁叫咱们是幼时同学呢。你准是以为我很奇怪，其实我已经不硬了。对别人不硬了。对自己是没法不硬的，你看那个最可恶的土匪也还有点骨气。好吧，给我件你自己身上穿着的吧。那件毛衣便好。有你身上的一

些热气便不完全像礼物了。我太好作文章！”

我把毛衣脱给他。他穿在棉袍外边，没顾得扣上钮子。

空中飞着些雪片，天已遮满了黑云。我送他出去，谁也没说什么，一个阴惨的世界，好像只有我们俩的脚步声儿。到了门口，他连头也没回，探着点身在雪花中走去。

原载1933年10月1日《文艺月刊》第四卷第四期